A corneta

Leonora Carrington

A corneta

TRADUÇÃO
Fabiane Secches

ILUSTRAÇÕES
Pablo Weisz Carrington

POSFÁCIO
Olga Tokarczuk

2ª reimpressão

Copyright © 1976 by Leonora Carrington
Copyright do posfácio © 2020 by Olga Tokarczuk

*Grafia atualizada segundo o Acordo Ortográfico da Língua Portuguesa de 1990,
que entrou em vigor no Brasil em 2009.*

Título original
The Hearing Trumpet

Capa
Elisa von Randow

Imagem de capa
The Giantess (*The Guardian of the Egg*), de Leonora Carrington, *c.* 1947.
Têmpera sobre painel de madeira, 117 × 68 cm.
© Carrington, Leonora/ AUTVIS, Brasil, 2023.
Foto: © Gordon Roberton Photography Archive / Bridgeman Images/ Easypix Brasil

Preparação
Iana Araújo

Revisão
Huendel Viana
Aminah Haman

Dados Internacionais de Catalogação na Publicação (CIP)
(Câmara Brasileira do Livro, SP, Brasil)

Carrington, Leonora, 1917-2011
  A corneta / Leonora Carrington ; ilustrações Pablo
Weisz Carrington ; tradução Fabiane Secches ; posfácio
Olga Tokarczuk. — 1ª ed. — Rio de Janeiro : Alfaguara,
2023.

  Título original : The Hearing Trumpet.
  ISBN 978-85-5652-172-9

  1. Ficção inglesa I. Carrington, Pablo Weisz.
II. Tokarczuk, Olga. III. Título.

23-148230   CDD-823

Índice para catálogo sistemático:
1. Ficção : Literatura inglesa   823
Eliane de Freitas Leite – Bibliotecária – CRB 8/8415

Todos os direitos desta edição reservados à
EDITORA SCHWARCZ S.A.
Praça Floriano, 19, sala 3001 — Cinelândia
20031-050 — Rio de Janeiro — RJ
Telefone: (21) 3993-7510
www.companhiadasletras.com.br
www.blogdacompanhia.com.br
facebook.com/editora.alfaguara
instagram.com/editora_alfaguara
twitter.com/alfaguara_br

A corneta

Quando Carmella me deu de presente uma corneta auditiva, ela deve ter previsto algumas das consequências. Carmella não é o que eu chamaria de maliciosa, ela apenas tem um senso de humor peculiar. A corneta era um belo exemplar, mas não chegava a ser moderna. Era, porém, de uma beleza excepcional, revestida de adornos de prata e madrepérolas e com uma grande curvatura, como um chifre de búfalo. O valor estético do objeto não era sua única qualidade, a corneta auditiva amplificava o som de tal maneira que conversas comuns se tornavam bastante audíveis até mesmo para os meus ouvidos.

Aqui devo dizer que meus sentidos não foram de forma alguma prejudicados pela idade. Minha visão continua excelente, ainda que eu use óculos para leitura, isso quando leio, que é praticamente nunca. Verdade seja dita, o reumatismo entortou um pouco o meu esqueleto. Isso não me impede de dar uma caminhada quando o tempo ajuda, nem de varrer o meu quarto uma vez por semana, às quintas-feiras, uma forma de exercício que é, ao mesmo tempo, útil e edificante. Aqui devo acrescentar que ainda me considero um membro útil da sociedade e, acredito, capaz de ser uma companhia agradável e divertida quando a ocasião pede. O fato de não ter dentes e de nunca ter conseguido usar dentadura não me deixa desconfortável de forma alguma, eu não tenho que morder ninguém e há todo tipo de comida macia fácil de obter e digerível para o estômago. Purê de legumes, chocolate e pão molhado em água morna são a base da minha dieta simples. Eu nunca como carne, porque acho errado privar os animais de suas vidas quando, de todo modo, são tão difíceis de mastigar.

Estou agora com noventa e dois anos e há uns quinze tenho vivido com o meu filho e a família dele. Nossa casa fica numa área residencial e seria descrita na Inglaterra como uma construção geminada com um jardinzinho. Não sei como chamam aqui, mas provavelmente algum equivalente em espanhol de "residência espaçosa com parque". Isso não é verdade, a casa não é espaçosa, é apertada, e não há nada nem vagamente parecido com um parque. Há, porém, um bom quintal nos fundos, que compartilho com meus dois gatos, uma galinha, a empregada e os dois filhos dela, alguns mosquitos e um tipo de cacto chamado agave.

Meu quarto dá para esse simpático quintal, o que é muito conveniente já que não há degraus para enfrentar — preciso apenas abrir a porta para apreciar as estrelas à noite ou o sol da primeira manhã, a única manifestação da luz solar à qual posso me expor. A empregada, Rosina, é uma mulher indígena de personalidade taciturna e geralmente parece contrariada com o restante da humanidade. Acredito que ela não me classifique como humana, então nossa relação não é desagradável. O cacto, os mosquitos e eu somos as coisas que ocupam o quintal; nós somos elementos da paisagem e somos aceitos dessa forma. Com os gatos, é diferente. A individualidade deles leva Rosina a surtos de deleite ou de raiva de acordo com o humor do dia. Ela conversa com os gatos, nunca conversa com os filhos, mas creio que gosta deles à sua maneira.

Nunca consegui entender esse país e agora estou começando a temer que nunca voltarei para o norte, que nunca sairei daqui. Não posso deixar de ter esperanças, milagres podem acontecer e volta e meia acontecem. As pessoas pensam que cinquenta anos é um bocado de tempo para visitar qualquer país porque muitas vezes é mais da metade da vida. Para mim, cinquenta anos nada mais é do que uma quantia de tempo presa num lugar onde eu não queria estar de jeito nenhum. Nos últimos quarenta e cinco anos, venho tentando escapar. Por algum motivo nunca consegui, deve haver um feitiço de amarração que me segura neste país. Em algum momento vou descobrir por que fiquei tanto tempo aqui, enquanto contemplo com alegria as renas e a neve, as cerejeiras, os prados, o canto dos tordos.

A Inglaterra não é sempre o foco desses sonhos. Na verdade não quero me instalar especificamente na Inglaterra, embora precise visitar a minha mãe em Londres, ela está ficando velha agora, embora tenha uma saúde excelente. Cento e dez anos não é uma idade tão avançada, ao menos não do ponto de vista bíblico. Margrave, o empregado de minha mãe, que me envia cartões-postais com o Palácio de Buckingham estampado, diz que ela ainda é muito ágil na sua cadeira de rodas, embora eu não consiga compreender bem como alguém pode ser ágil numa cadeira de rodas. Ele diz que ela está bastante cega, mas que não tem barba, o que deve ser uma referência à fotografia que enviei de presente no último Natal.

É verdade, tenho uma barba cinza e curta que as pessoas convencionais acham repulsiva. Pessoalmente, eu acho galante.

A Inglaterra seria uma questão de algumas semanas, depois eu iria viver o meu sonho de toda a vida de ir à Lapônia para ser levada dentro de um veículo por cachorros, cachorros peludos.

Tudo isso é uma digressão e eu não quero que ninguém pense que minha mente viaja para longe; ela viaja, mas nunca além do que eu quero.

Então eu vivo com meu Galahad, na maior parte do tempo no quintal.

Galahad agora tem uma família bem grande e não é rico de modo algum. Ele vive com um salário baixo pago aos funcionários do consulado, aqueles que não são embaixadores (esses, eu soube, recebem um salário melhor). Galahad é casado com a filha do gerente de uma fábrica de cimento. O nome dela é Muriel e tanto o pai quanto a mãe são ingleses. Muriel tem cinco filhos e um deles, o caçula, ainda mora com a gente. Esse garoto, Robert, tem vinte e cinco anos e ainda não se casou. Robert não é uma pessoa agradável e mesmo quando criança era cruel com os gatos. Além disso, circula por aí numa motocicleta e trouxe uma televisão para dentro de casa. Desde então, minhas visitas à parte da frente da residência se tornaram cada vez mais raras. Quando apareço, é sempre na forma de um espectro, se posso dizer assim. Isso parece ter trazido certo alívio para a família, já que meus modos à mesa estavam se tornando pouco convencionais. Com a idade, a pessoa se torna menos sensível às peculiaridades dos outros; por exemplo, quando eu tinha quarenta, hesitaria em comer laranjas num trem ou ônibus lotado, mas hoje não apenas como laranjas impunemente como também faria refeições completas sem constrangimentos em qualquer veículo público e terminaria com uma taça de vinho do Porto, que me dou de presente vez ou outra como um agrado especial.

Mesmo assim, me faço útil e ajudo na cozinha, que fica ao lado do meu quarto. Descasco legumes, alimento a galinha e, como mencionei antes, faço outras atividades vigorosas, como varrer o meu quarto às quintas. Não dou trabalho algum e me mantenho limpa sem a ajuda de ninguém.

Toda semana traz consigo certa quantidade de prazer moderado; toda noite, quando o tempo está bom, traz o céu, as estrelas e, claro, a lua, a cada fase. Nas segundas-feiras de clima ameno, ando dois quarteirões e visito minha amiga Carmella.

Ela mora numa casa muito pequena com a sobrinha, que faz bolos para uma casa de chás sueca, embora seja espanhola. Carmella leva uma vida prazerosa e é bastante intelectual. Ela lê livros com um elegante lornhão e quase nunca resmunga sozinha como eu. Também tricota blusas engenhosas, mas seu verdadeiro prazer na vida é escrever cartas. Carmella escreve cartas para o mundo inteiro, para pessoas que nunca conheceu, e assina com todo tipo de nomes românticos, nunca com o dela. Ela despreza cartas anônimas, e é claro que são impraticáveis, pois quem conseguiria responder uma carta sem assinatura no final? Essas cartas maravilhosas alçam voo, de forma celestial, por correio aéreo, na delicada caligrafia de Carmella. Ninguém nunca responde. Esse é o lado verdadeiramente incompreensível da humanidade, as pessoas não têm tempo para nada.

Bem, numa linda manhã de segunda-feira, fui fazer minha visita habitual a Carmella, que estava me esperando na porta. Percebi logo que ela estava num estado de muita agitação, pois havia esquecido de colocar a peruca. Carmella é careca. Ela nunca sairia na rua sem a peruca numa situação comum, pois é muito vaidosa, sua peruca ruiva é como um aceno majestoso aos seus cabelos há muito perdidos, que eram quase tão ruivos quanto a peruca, se minha memória não falha. Nessa manhã de segunda-feira, Carmella estava descoroada, sem sua glória habitual, mas muito animada e resmungando consigo mesma, o que não é do seu feitio. Eu trouxe de presente um ovo que a galinha botou naquela mesma manhã, e o deixei cair quando ela agarrou o meu braço. Foi uma pena, pois o ovo já não tinha mais conserto.

"Eu estava esperando por você, Marian, você está vinte minutos atrasada", disse ela sem notar o ovo quebrado. "Um dia você vai se esquecer de vir." A voz dela era um grito agudo e foi mais ou menos isso o que ela disse, porque é claro que não escutei tudo. Ela me puxou para dentro de casa e, depois de várias tentativas, me fez entender que tinha um presente para mim. "Um presente, um presente, um presente." Bem, Carmella já me deu vários presentes e eles algumas vezes eram tricotados, outras vezes comestíveis, mas nunca a vi tão agitada. Quando ela desembrulhou a corneta auditiva fiquei sem saber se poderia usar para comer ou beber ou apenas como enfeite. Depois de vários gestos complicados, ela finalmente a colocou na minha orelha e o que eu sempre havia ouvido como um grito agudo ressoou na minha cabeça como o berro de um búfalo furioso. "Você consegue me ouvir, Marian?"

Eu conseguia, e era aterrorizante.

"Você consegue me ouvir, Marian?"

Eu assenti sem palavras, aquele barulho assustador era pior do que a motocicleta de Robert.

"Essa corneta magnífica vai mudar a sua vida."

Por fim, eu disse: "Pelo amor de Deus, não grite, você está me deixando nervosa".

"Um milagre!", falou Carmella, ainda agitada; depois, usando um tom de voz mais calmo: "Sua vida vai mudar".

Nós duas nos sentamos e chupamos uma pastilha com essência de violeta que Carmella gosta porque perfuma o hálito; já estou me habituando ao gosto desagradável e começando a gostar delas pelo carinho que sinto por Carmella. Pensamos em todas as possibilidades revolucionárias da corneta.

"Não só você vai poder se sentar para escutar músicas bonitas e conversas inteligentes, mas também vai ter o privilégio de poder bisbilhotar o que toda a sua família está falando de você, o que deve ser muito divertido." Carmella tinha terminado sua pastilha e acendeu um pequeno charuto escuro que guarda para ocasiões especiais. "Você precisa ser muito discreta quanto à corneta, porque eles podem tirá-la de você se não quiserem que escute o que dizem."

"Por que eles iriam querer esconder algo de mim?", perguntei, pensando na paixão incurável de Carmella pelo drama. "Eu não causo nenhum problema e eles raramente me veem."

"Nunca se sabe", disse Carmella. "As pessoas acima dos sete e abaixo dos setenta não são nada confiáveis, a menos que sejam gatos. Todo cuidado é pouco. Além disso, pense no poder estimulante de escutar a conversa alheia quando pensam que você não está ouvindo nada."

"Mas mal dá para esconder a corneta", falei, hesitante. "Deve ser um chifre de búfalo, búfalos são animais enormes."

"Claro que você não pode deixar que eles vejam você usando, precisa se esconder em algum lugar e escutar."

Eu não tinha pensado nisso; certamente gerava infinitas possibilidades.

"Bem, Carmella, você foi muito gentil e esse desenho floral de madrepérola é lindíssimo, parece jacobino."

"Você também vai conseguir ouvir a minha última carta, que eu não enviei ainda porque estava esperando para ler para você. Desde que roubei a lista telefônica de Paris do consulado francês, aumentei muito o meu alcance. Você não faz ideia dos nomes bonitos que existem em Paris. Essa carta é endereçada ao monsieur Belvedere Oise Noisis, Rue de la Rechte Potin, Paris 11e. Seria difícil inventar algo mais sonoro, mesmo que tentássemos. Vejo esse senhor como um velho cavalheiro muito frágil, ainda elegante, apaixonado por cogumelos tropicais que cultiva num guarda-roupa imperial. Ele usa coletes bordados e viaja com uma mala roxa."

"Sabe, Carmella, às vezes acho que você poderia receber uma resposta se não impusesse sua imaginação a pessoas que nunca conheceu. Monsieur Belvedere Oise Noisis é sem dúvida um nome interessante, mas imagine se ele for gordo e colecionar cestas de vime? Imagine se ele não viaja nunca e não tem malas, imagine se é um jovem aspirante a uma vida no mar? Eu acho que você deveria tentar ser mais realista."

"Você às vezes é muito negativa, Marian, embora eu saiba que tem um coração gentil, não há nenhuma razão para que o pobre monsieur Belvedere Oise Noisis faça uma coisa tão trivial quanto colecionar cestas de vime. Ele é frágil mas corajoso, pretendo enviar a ele alguns esporos de cogumelos para aprimorar a espécie que ele mandou vir do Himalaia."

Como não havia nada mais a ser dito, Carmella leu a carta. Fingia ser uma alpinista peruana famosa que perdeu um braço tentando salvar a vida de um filhote de urso-pardo preso à beira de um penhasco. A mãe ursa, insensível, arrancou seu braço. A seguir, ela deu todo tipo de informação sobre fungos de altitudes elevadas e se ofereceu para enviar amostras a ele. Para mim, pareceu que ela ia longe demais.

Quando saí da casa da Carmella, já era quase hora do almoço. Levei meu pacote misterioso embaixo do xale, andando bem devagar para poupar energia. A essa altura, eu estava muito animada e tinha quase esquecido que teríamos sopa de tomate para o almoço. Sempre gostei muito de sopa de tomate enlatada, não é sempre que temos em casa.

Meu estado de leve euforia me levou a entrar pela porta da frente em vez de ir pelos fundos como de hábito. Me passou pela cabeça roubar um ou dois chocolates de Muriel, que ela esconde atrás da estante. Muriel é muito mesquinha com doces e não seria tão gorda se fosse mais generosa. Eu sabia que ela tinha ido ao centro comprar capas protetoras para esconder as manchas de gordura das cadeiras. Quanto a mim, não gosto de capas protetoras e prefiro cadeiras de vime laváveis, que não ficam tão deprimentes como o tecido quando está sujo.

Infelizmente, Robert estava na sala recebendo dois amigos com coquetéis. Todos eles me encararam e desviaram o olhar depressa quando comecei a explicar que fora fazer minha caminhada habitual de segunda-feira. Minha dicção não é tão boa quanto costumava ser porque não tenho dentes. Meu monólogo não tinha ido longe quando Robert me pegou bruscamente pelo braço e me ejetou para a passagem que leva à cozinha. Era óbvio que estava zangado. Como Carmella diz, não se pode confiar nas pessoas acima de sete e abaixo de setenta.

Como de costume, almocei na cozinha e fui para o meu quarto escovar Marmeen e Tchatcha, os gatos. Escovo os gatos todos os dias para manter seus longos pelos elegantes e brilhantes e para guardar os que saem para Carmella, que me prometeu tricotar um suéter quando tiver o bastante. Até agora, já enchi dois potes pequenos de geleia de pelo bonito e macio. Parece uma forma agradável e econômica de ter roupas quentes para o inverno. Carmella acha que um cardigã sem manga é uma peça prática para o frio. Faz quatro anos que estou enchendo os dois potes, então talvez eu leve algum tempo para juntar lá o bastante para fazer uma peça inteira. Seria possível tecer com um pouco de lã de lhama, mas Carmella diz que seria trapacear. A prima de Rosina uma vez me trouxe de presente uma roca de fiar indígena. Venho experimentando com sobras de algodão e fiando cordas boas e úteis. Quando eu conseguir lã de gato suficiente para tecer, já devo ter aprendido o bastante para tecer fios finos. Essa é uma ocupação empreendedora e ficaria muito feliz se não sentisse tanta nostalgia pelo norte. Dizem que dá para ver a Estrela Polar daqui e que ela nunca se movimenta. Jamais fui capaz de identificá-la. Carmella tem um planisfério, mas não conseguimos descobrir como usá-lo, e são tão raras as pessoas que se pode consultar em assuntos como esse.

Depois de esconder bem a corneta auditiva, comecei o meu trabalho da tarde.

A galinha vermelha parecia querer botar outro ovo na minha cama e Marmeen estava contrariado de ter o rabo escovado, como sempre. A aparição repentina de Galahad no meu quarto quase me fez cair da cadeira. A última vez que meu filho me visitou foi quando a caixa-d'água estourou e ele veio com o encanador. Ele ficou resmungando na porta. Suponho que estivesse dizendo alguma coisa.

Então ele colocou uma garrafa de vinho do Porto na minha cômoda, murmurou algo mais e saiu. Esse comportamento espantoso de Galahad me deixou pensativa até o anoitecer. Não consegui chegar a nenhuma razão que explicasse sua visita. Não era meu aniversário, e ele nunca me deu um presente de aniversário; a julgar pelo clima, também não era Natal. Por que ele faria uma mudança tão extravagante em seus hábitos?

Na época, acho que não atribuí nenhuma interpretação sinistra ao que aconteceu, estava apenas curiosa e surpresa. Claro que, se tivesse o dom da psicologia perceptiva de Carmella, eu poderia, já naquela ocasião, ter ficado um pouco preocupada. De todo modo, mesmo que tivesse previsto os acontecimentos que se seguiram, não havia mais nada que pudesse fazer a não ser esperar.

Passei boa parte da minha vida à espera, a maior parcela totalmente infrutífera. Nos últimos tempos, não tenho me esforçado em pensar de forma coerente, mas naquela ocasião cheguei a traçar um plano de ação. Queria descobrir as razões por trás da gentileza incomum de Galahad. Não que ele não tenha sentimentos humanos comuns, mas ele considera a gentileza com criaturas inanimadas uma perda de tempo. Talvez ele tenha razão, mas, por outro lado, o cacto me parece vivo, então sinto que também posso fazer reivindicações de existência.

Quando a noite caiu, depois do jantar, esperei que Rosina se retirasse e então desembrulhei cuidadosamente a minha corneta auditiva, saí do quarto e me escondi na passagem escura entre a sala e a cozinha. A porta ficava sempre aberta, por isso não tive dificuldade em conseguir uma boa imagem da vida familiar. Galahad estava sentado de frente para Muriel, perto da lareira elétrica. Ela estava desligada, já que não fazia muito frio. Robert estava no sofá estreito, rasgando o jornal da manhã em tiras. As novas capas protetoras pendiam diligentemente nas cadeiras e no sofá. Eram de um bege escuro com franjas, práticas, eu imagino, e fáceis de lavar. Os três membros da família estavam envolvidos numa discussão.

"Mesmo que não volte a acontecer, o que se passou é intolerável", disse Robert, tão alto que minha corneta vibrou. "Nunca mais vou me atrever a convidar nenhum dos meus amigos para vir aqui."

"Pensei que tudo já estava decidido", falou Galahad. "Você não precisa continuar tão agitado se todos nós já concordamos que ela ficaria bem melhor em um asilo."

"Você sempre decide tudo com vinte anos de atraso", diz Muriel. "Sua mãe tem sido uma fonte constante de ansiedade para nós nos últimos vinte anos e você teve a teimosia e a inércia de segurar ela aqui com a gente só para satisfazer o seu próprio sentimentalismo."

"Muriel, você está sendo injusta", protestou Galahad debilmente. "Você sabe que nós nunca tivemos condições de mantê-la numa instituição antes da morte de Charles."

"O governo provê instituições para os idosos e enfermos", rebateu Muriel. "Ela deveria estar longe daqui há muito tempo."

"Nós não estamos na Inglaterra", disse Galahad. "As instituições daqui não são adequadas para seres humanos."

"A vovó", falou Robert, "mal pode ser classificada como ser humano. Ela não passa de um pedaço de carne babenta em decomposição."

"Robert", repreendeu Galahad sem convicção, "sério, Robert."

"Bom, para mim já deu", disse Robert. "Eu convido um pessoal para bater um papo e tomar um drinque, uma coisa normal, e aparece o monstro de Glamis, que fica falando sem parar em plena luz do dia até eu tirar ela da nossa frente. Com gentileza, é claro."

"Lembre, Galahad", adicionou Muriel, "essas pessoas velhas não têm sentimentos que nem você ou eu. Ela estaria muito mais feliz numa instituição com estrutura para cuidar dela. Eles são muito organizados hoje em dia. Esse lugar de que te falei em Santa Brigida é dirigido pela Fraternidade Poço de Luz e financiado por uma empresa conhecida, a Vigoroso Café da Manhã Cereais & Cia. É tudo feito com eficiência e razoavelmente barato."

"É, você me falou", disse Galahad, que parecia aborrecido com a discussão. "E eu concordo que parece ser um bom lugar. Ela será bem cuidada por lá, espero."

"Então quando vamos despachá-la?", quis saber Robert. "Eu poderia transformar aquele quarto numa oficina para a moto."

"Não precisa desse desespero", disse Galahad. "Ela tem que ser avisada."

"Avisada?", perguntou Muriel, surpresa. "Ela não tem a menor ideia de onde está, acho que não vai nem notar a diferença."

"Pode ser que sim", disse Galahad. "É difícil saber o quanto ela entende das coisas."

"A sua mãe", respondeu Muriel, "está senil. Quanto antes você aceitar isso, melhor."

Por um momento, tirei a corneta do ouvido, em parte porque meu braço doía. Senil? Sim, ouso dizer que eles tinham razão, mas o que significa estar senil?

Coloquei a corneta na outra orelha.

"Ela devia estar morta", Robert continuava. "Nessa idade, é melhor para as pessoas que elas estejam mortas."

De volta para a cama, usando minha camisola de lã, me peguei tremendo com uma febre que parecia ser de outra pessoa. O terrível pensamento recorrente foi primeiro: "Os gatos, o que será feito dos gatos? E depois Carmella, e Carmella numa segunda-feira de manhã, e a galinha vermelha? E por que eles acham que sabem que é melhor que uma pessoa esteja morta? Como poderiam saber algo assim? E, ó minha Vênus (sempre rezo para Vênus, ela é uma estrela tão brilhante e reconhecível), o que é a Fraternidade Poço de Luz? Isso me soa mais terrível do que a própria morte, uma fraternidade com a impiedosa noção do que é melhor para as outras pessoas e a determinação de ferro de melhorá-las, quer elas gostem ou não. Ó Vênus, o que eu fiz para merecer isso? E os gatos, o que será feito de Marmeen e Tchatcha? Nunca vou conseguir tecer um cardigã com a lã deles para aquecer o meu corpo, nunca vou usar lã de gato, provavelmente vou ter que vestir um uniforme, nenhuma galinha vermelha virá todo dia botar um ovo na minha cama".

Atormentada por todas essas visões e pensamentos horríveis, caí em algo mais próximo da catalepsia do que do sono.

Claro, visitei Carmella no dia seguinte para contar a ela as péssimas notícias. Levei a corneta auditiva comigo, já que esperava ouvir alguns conselhos.

"Há momentos", disse Carmella, "em que sou clarividente. Quando vi a corneta no brechó, disse para mim mesma: 'É disso que a Marian precisa'. Tive que comprar na hora, tive uma premonição. São notícias terríveis, eu preciso bolar um plano."

"O que você acha da Fraternidade Poço de Luz?", perguntei. "Isso me assusta."

"A Fraternidade Poço de Luz", disse Carmella, "é sem dúvida algo extremamente sinistro. Não creio que a empresa triture velhas senhoras para transformar em cereal, mas sinistro no sentido moral. Parece terrível. Eu preciso pensar em algo para salvar você das garras do Poço de Luz." Isso pareceu diverti-la sem motivo e ela riu, embora eu percebesse que ela estava um bocado aborrecida.

"Você acha que eles aceitariam que eu levasse os gatos?"

"Nada de gatos", disse Carmella. "Instituições, a bem da verdade, não estão autorizadas a gostar de nada. Eles não têm tempo."

"O que devo fazer?", perguntei. "Acho uma pena cometer suicídio depois de viver noventa e dois anos e não ter entendido nada."

"Você pode fugir para a Lapônia", falou Carmella. "Nós podemos tricotar uma barraca para que você não precise comprar quando chegar lá."

"Eu não tenho dinheiro, nunca que eu conseguiria chegar na Lapônia sem dinheiro."

"Dinheiro é um grande incômodo", disse Carmella. "Se eu tivesse algum, te daria uma parte e nós tiraríamos umas férias na Riviera a caminho da Lapônia. A gente até poderia apostar um pouco."

Nem mesmo Carmella tinha qualquer conselho útil.

Casas são mesmo como corpos. Nós nos conectamos com paredes, telhados e objetos tanto quanto estamos ligados aos nossos fígados, esqueletos, carne e corrente sanguínea. Não sou nenhuma beldade, não preciso de espelho para me assegurar desse fato incontornável. No entanto, tenho um apego mortal a essa carcaça combalida como se fosse o corpo límpido da própria Vênus. Isso vale para o quintal e o quartinho que eu ocupava naquela época, meu corpo, os gatos, a galinha vermelha, tudo meu corpo, tudo parte da minha lenta corrente sanguínea. A separação dessas coisas familiares e amadas — sim, amadas — era a "Morte e Morte enfim", segundo a velha rima de "Man of Double Deed". Não havia remédio para a agulha no meu coração, com seu longo fio de sangue velho. E quanto à Lapônia e ao bando de cachorros peludos? Também seriam uma grande violação desses hábitos estimados, é verdade, mas que diferença para uma instituição destinada a mulheres velhas e decrépitas.

"No caso de te trancarem num quarto do décimo andar", disse Carmella, acendendo um cigarro, "você pode pegar um monte dessas cordas que você tece e fugir. Eu poderia te esperar lá embaixo com uma metralhadora e um automóvel, um automóvel alugado, sabe, acho que não deve ser tão caro assim por uma ou duas horas."

"Onde você conseguiria a metralhadora?", perguntei, intrigada com a ideia de Carmella armada com um artefato tão mortal. "E como ela funciona? Nós nunca conseguimos usar o planisfério. Acho que uma metralhadora deve ser mais complicado."

"Metralhadoras", disse Carmella, "são o que há de mais simples. Você carrega com um monte de balas e aperta o gatilho. Não precisa de nenhum manuseio intelectual e não tem que acertar nada na verdade. O barulho impressiona as pessoas, elas acham que você é perigosa se tem uma metralhadora."

"Você pode muito bem ser perigosa", respondi, alarmada. "E se você me acertasse por engano?"

"Eu só apertaria o gatilho no caso de absoluta necessidade. Eles podem soltar uma matilha de cães policiais em cima da gente e aí eu seria obrigada a atirar. Um bando de cães é um alvo grande, quarenta cachorros a uma distância de uns três metros não seriam difíceis de acertar. Eu nunca te confundiria com um cão policial feroz."

Não fiquei muito feliz com o argumento de Carmella: "Vamos imaginar que tenha apenas um cão policial me perseguindo e dando voltas e mais voltas em círculo. Seria fácil você me acertar no lugar dele".

"Você", disse Carmella cortando o ar com seu charuto, "estaria descendo dez andares pela corda. Os cães estariam atacando a mim, não a você."

"Bem", eu disse, não muito convencida, "depois que fôssemos embora do pátio de exercícios (suponho que seria um pátio de exercícios, cercado por muros altos), repleto de cães policiais mortos, o que faríamos e para onde iríamos?"

"Nós nos juntaríamos a uma gangue num resort caro à beira-mar e ficaríamos grampeando os telefones dos vencedores de corridas de cavalos antes que as casas de apostas pagassem."

Carmella tinha saído pela tangente. Fiz uma tentativa de trazê-la de volta para o centro da nossa conversa.

"Achei que você tinha falado que não permitem animais nas instituições. Quarenta cães policiais com certeza são animais, não são?"

"Cães policiais não são exatamente animais. São animais corrompidos, sem nenhuma mentalidade animal. Se policiais não são seres humanos, como cães policiais poderiam ser animais?"

Era impossível responder. Carmella deveria ter sido advogada, ela era muito boa em debates complicados.

"Então poderíamos dizer que os cães collie são ovelhas corrompidas", concluí. "Se eles mantêm tantos cachorros numa instituição, não vejo que diferença um ou dois gatos poderiam fazer."

"Pense na angústia constante dos gatos tendo que viver entre quarenta cães policiais ferozes." Carmella olhou para a frente com uma expressão agoniada: "O sistema nervoso deles não conseguiria lidar com uma situação como essa". Ela tinha razão, é claro, como sempre.

Ainda me sentindo arrasada pelo desespero, voltei me arrastando para casa. Que falta eu sentiria de Carmella e de seus conselhos estimulantes, dos charutos escuros, das pastilhas de violeta. Eles provavelmente iriam me fazer tomar vitaminas numa instituição. Vitaminas e cães policiais, paredes cinzentas, metralhadoras. Não conseguia pensar com coerência, o horror da situação flutuava como uma massa emaranhada na minha cabeça, fazendo com que doesse como se estivesse recheada de algas espinhosas.

A força do hábito, mais do que a minha própria capacidade, me levou de volta para casa e me sentou no quintal dos fundos. Por mais estranho que possa parecer, eu estava na Inglaterra e era domingo à tarde. Estava sentada com um livro num banco de pedra debaixo de um arbusto de lilases. Perto dali, uma moita de alecrim tomava o ar com seu perfume. Estavam jogando tênis por ali, dava para ouvir o *clap clap* das raquetes e das bolas. Era o jardim submerso holandês; por que holandês, eu me pergunto? As rosas? os canteiros de flores geométricos? Ou talvez porque seja submerso? O sino da igreja soa, é a igreja protestante, nós já tomamos chá (sanduíches de pepino, bolo e pãezinhos)? É, o chá já deve ter terminado.

Meu longo cabelo preto é macio como pelo de gato, eu sou bonita. Isso é um choque e tanto, porque acabei de me dar conta de que sou bonita e tem algo que preciso fazer quanto a isso, mas o quê? A beleza é uma responsabilidade como qualquer coisa, mulheres bonitas têm vidas especiais como primeiros- -ministros, mas não é o que eu quero de verdade, deve ter algo além... O livro. Agora eu o vejo, *Contos de fadas de Hans Christian Andersen*, a Rainha da Neve.

A Rainha da Neve, Lapônia. O pequeno Kai resolvendo problemas de multiplicação no castelo de gelo.

Agora me dou conta de que também recebi um problema de matemática que não consigo resolver, embora esteja tentando há muitos e muitos anos. Não estou realmente na Inglaterra, nesse jardim perfumado, embora ele não desapareça como quase sempre acontece, estou inventando tudo isso e está a ponto de desaparecer, mas não desaparece.

Sentir-se tão forte e feliz é muito perigoso, alguma coisa horrível está para acontecer e preciso encontrar a solução depressa.

Todas as coisas que amo vão se desintegrar e não há nada que eu possa fazer a menos que resolva o problema da Rainha da Neve. Ela é a Esfinge do Norte com pele branca crepitante e diamantes nas dez garras de cada pé, seu sorriso é gelado e suas lágrimas chocalham como granizo nos estranhos diagramas desenhados a seus pés. Em algum lugar, em algum momento, devo ter traído a Rainha da Neve, com certeza a essa altura eu já deveria saber.

O jovem usando calças brancas de flanela veio me perguntar alguma coisa, vou jogar tênis? Bem, não sou muito boa nisso, sabe, então prefiro ler um livro. Não, não um livro intelectual, só contos de fadas. Contos de fadas na sua idade?

Por que não? O que é a idade, de todo modo? Algo que você não entende, Meu Amor.

A floresta está cheia de anêmonas selvagens agora, vamos embora? Não, Querido, eu não disse enemas selvagens, disse anêmonas, flores, centenas e milhares de flores selvagens na terra embaixo das árvores, por toda parte até o gazebo. Elas não têm cheiro, mas têm uma presença como um perfume, tão obsessiva que devo me lembrar delas por toda a vida.

Você vai a algum lugar, Querida?

Sim, estou indo para a floresta.

Então por que dizer que vai se lembrar delas por toda a vida?

Porque você faz parte da memória delas e vai desaparecer, as anêmonas vão florescer eternamente, nós não.

Querida, pare de filosofar, não combina com você, deixa o seu nariz vermelho.

Desde que descobri que sou bonita de verdade, não me importo de ficar com o nariz vermelho, de tão lindo que ele é.

Você tem uma vaidade detestável.

Não, Querido, não exatamente, porque tenho um pressentimento horrível de que isso vai desaparecer antes que eu saiba o que fazer com essa beleza. Estou com tanto medo que não tenho tempo de curtir a vaidade.

Você é uma maníaco-depressiva e eu ficaria muito entediado se você não fosse tão bonita.

Ninguém nunca ficaria entediado comigo, eu tenho alma demais.

Até demais, mas muito corpo também, graças aos céus. A luz verde e dourada na floresta, veja as grandes samambaias. Dizem que as bruxas fazem magia com sementes de samambaia, elas são hermafroditas.

As bruxas?

Não, as samambaias. Alguém trouxe aquele abeto azulado colossal do Canadá, custou milhões e milhões, que tolice é trazer uma árvore da América. Você não odeia a América?

Não, por que odiaria a América, eu nunca estive lá, eles são terrivelmente civilizados.

Bem, eu odeio a América porque sei que depois de entrar lá você nunca mais consegue sair, e chora a vida inteira pelas anêmonas que nunca mais verá.

Talvez a América seja coberta dos pés à cabeça de flores selvagens, a maior parte anêmonas, claro.

Eu sei que não é.

Como você saberia uma coisa dessa?

Não na parte da América em que estou pensando. Eles têm outros tipos de plantas, e poeira. Poeira, poeira. Provavelmente algumas palmeiras e caubóis galopando em vacas aqui e ali.

Eles andam a cavalo.

Bem, cavalos. Faz diferença quando você está tão aflito para voltar para casa que nem nota se está montando em baratas?

Bem, você não precisa ir para a América, então se anime.

Não preciso? Quem sabe, algo me diz que vou ver bastante da América e que vou ficar muito triste lá a menos que um milagre aconteça.

Milagres, bruxas, contos de fadas, cresça, Querida!

Você pode não acreditar em magia, mas algo muito estranho está acontecendo neste exato momento. Sua cabeça se dissolveu no ar e posso ver os rododendros através da sua barriga. Não é que você esteja morto, nem nada dramático assim, é que você está simplesmente desaparecendo e eu nem consigo lembrar o seu nome. Eu me lembro mais das suas calças brancas de flanela do que me lembro de você. Me lembro de todas as coisas que senti a respeito das calças brancas de flanela, mas quem quer que as tenha feito andar desapareceu totalmente.

Então você se lembra de mim como um vestido de linho rosa sem mangas e meu rosto está misturado a dezenas de outros rostos, eu também não tenho nome. Então por que tanto alarde quanto à individualidade?

Acho que ouvi a Rainha da Neve rir, ela raramente ri.

Lá estava eu balançando a cabeça na minha velha carcaça terrível e Galahad tentando me dizer algo. Ele gritava a plenos pulmões: "Não, eu não estou convidando você para jogar tênis, estou tentando te contar uma coisa muito agradável e importante".

Agradável? Importante?

"Você vai sair de férias, mãe. Vai aproveitar muito."

"Meu querido Galahad, não me diga mentiras tão tolas. Vocês estão me mandando embora para um asilo de mulheres senis porque me acham um saco velho repulsivo, e ouso dizer que têm razão, do ponto de vista de vocês."

Ele começou a balbuciar, me olhando como se eu tivesse tirado uma cabra viva do chapéu.

"Esperamos que você seja razoável quanto a isso", ele gritou em algum momento. "Você vai ficar muito confortável e ter bastante companhia."

"Meu querido Galahad, eu me pergunto o que você considera não ser razoável. Quer dizer que posso destruir a casa tijolo por tijolo e pisar nela? Jogar a televisão do telhado? Andar pelada na motocicleta asquerosa do Robert? Não, Galahad. Eu não tenho forças para nenhuma dessas reações. Não me resta alternativa além de ser o que você chama de razoável, não precisa se preocupar."

"Você vai ser muito feliz, mãe, você vai ter tudo quanto é tipo de passatempo interessante e uma equipe treinada para garantir que nunca fique sozinha."

"Eu nunca estou sozinha, Galahad. Ou melhor, eu nunca sofro de solidão. Sofro muito com a ideia de que minha solidão possa ser tirada de mim por um monte de pessoas impiedosamente bem-intencionadas. Claro, eu jamais esperaria que você me entendesse, então só o que peço é que não ache que está me convencendo a fazer uma coisa quando na verdade está me forçando contra a minha vontade."

"De verdade, mãe, é para o seu próprio bem, eu sei que depois você vai gostar."

"Duvido muito. No entanto, nada que eu diga vai mudar a sua opinião, então quando é que eu tenho que ir?"

"Bem, nós pensamos em levar você na terça-feira, só para dar uma olhada. Se não ficar satisfeita, pode voltar direto para casa."

"Hoje é domingo."

"É, hoje é domingo. Fico contente de ver você se animando, mãe, você vai ver como vai se divertir, fazer um monte de amizades e exercícios saudáveis em Santa Brigida. É quase como se fosse o campo."

"O que você quer dizer com 'exercícios saudáveis'?", perguntei, presa a uma premonição terrível de que poderiam ter um time de hóquei; nunca se sabe o que esperar da terapia moderna. "Já faço bastante exercício aqui."

"Alguma atividade em equipe", respondeu Galahad, confirmando meu temor. "Você vai se sentir como uma menina de dois anos depois de um ou dois meses."

Eu não conseguia respirar direito, me mantive calma para poupar energia, tinha muitas coisas para descobrir antes de cair de vez numa sepultura. Além disso, argumentar com Galahad era obviamente infrutífero. Ele continuou falando por um tempo, mas não ouvi mais o que dizia, já que não estava mais gritando.

Há uns cinquenta ou sessenta anos, comprei um baú de estanho muito prático no bairro judeu de Nova York. Esse baú resistiu ao tempo, cumprindo vários tipos de função.

Recentemente, serviu como mesa de chá quando Carmella veio me visitar. Esperava usá-lo novamente como bagagem só quando eu fosse embora para a Lapônia. Ninguém pode ter certeza do futuro. Não abro o baú há cerca de sete anos, quando Carmella me deu uma garrafa com uma poção sonífera que ela mesma fez e que nunca ousei provar. A garrafa ainda estava no fundo do baú e tinha se transformado num sedimento cristalino que parecia extremamente venenoso, de uma tonalidade acastanhada com um fungo cinza rodeando o topo. Decidi guardá-la mesmo assim, nunca se sabe o que pode ser útil, eu nunca jogo nada fora. A parte interna do baú era feita de madeira maciça e revestida por um papel com um desenho de bom gosto meio manchado em algumas partes.

O primeiro objeto que guardei junto com a poção sonífera foi, claro, a corneta auditiva fatal. Isso me fez pensar no Anjo Gabriel, embora, creio, ele deva soprar a dele e não escutar através dela, isto é, de acordo com a Bíblia, no último dia em que a humanidade chega à catástrofe final. Estranho como a Bíblia sempre parece terminar em sofrimento e catástrofe. Volta e meia me pergunto como esse Deus tão raivoso e vingativo acabou se tornando tão popular. A humanidade é muito estranha e não finjo entender as coisas, mas por que venerar algo que só manda pragas e massacres? E por que Eva é a culpada de tudo?

Então tive de abrir a cômoda e separar as coisas, e todas as caixas de papelão com rótulos diferentes, geleia, vidro, feijão em lata, ketchup. Elas não continham, é claro, o que as etiquetas diziam, mas várias quinquilharias que se juntam com o tempo.

É preciso ter muito cuidado com o que se leva ao ir embora para sempre, algo aparentemente inútil pode se tornar essencial em determinadas circunstâncias. Decidi fazer as malas como se estivesse indo para a Lapônia. Tinha chave de fenda, martelo, pregos, alpiste, um monte de cordas que eu mesma teci, algumas tiras de couro, parte de um despertador, agulhas e linha, um saco de açúcar, fósforos, miçangas coloridas, conchas do mar e assim por diante. Por fim, coloquei algumas roupas para evitar que as coisas chacoalhassem dentro do baú.

Sabendo que Muriel adorava meter o nariz onde não era chamada e querendo evitar qualquer revista dos meus pertences, enchi as caixas de papelão vazias com pedras do quintal e amarrei de novo com barbante, para que ela pensasse que eu tinha deixado para trás toda a minha coleção. Muriel chamaria aquilo de "lixo" e jogaria fora.

Claro que eu sabia que não iria subornar os esquimós, mas guardei tudo lá dentro como se fosse. Instituições, assim como o Extremo Norte, também são isoladas da civilização e nunca se sabe o que as pessoas podem querer. Não fui educada num colégio de freiras a troco de nada.

O tempo, como todos sabemos, passa. Se ele volta exatamente da mesma maneira, é questionável. Um amigo meu que não mencionei até aqui por conta de sua ausência me disse que um universo rosa e um azul atravessam um ao outro em partículas como dois enxames de abelhas e, quando duas abelhas de cores diferentes atingem uma à outra, milagres acontecem. Tudo isso tem algo a ver com o tempo, embora duvide que consiga explicar com alguma coerência.

Esse amigo em especial, o sr. Marlborough, está morando em Veneza com a irmã, então eu não o vejo há algum tempo. O sr. Marlborough é um ótimo poeta e ficou famoso nos últimos anos. Houve momentos em que eu mesma pensei em escrever poesia, mas fazer as palavras rimarem umas com as outras é difícil, é como tentar conduzir um rebanho de perus e cangurus por uma rua movimentada e mantê-los juntos sem olhar as vitrines das lojas. Existem tantas palavras, e todas significam alguma coisa. Marlborough me diz que a irmã é deficiente de nascimento, mas diz isso de um jeito tão misterioso que às vezes me pergunto o que de fato ela tem.

Se me lembro bem, os escritores geralmente encontram alguma desculpa para seus livros, embora eu não entenda por que alguém deva se desculpar por ter uma ocupação tão tranquila e pacífica. Militares nunca parecem pedir desculpas por matarem uns aos outros, mas romancistas sentem vergonha de um livro inofensivo de papel que nem podemos ter certeza se será lido por alguém. Os valores são muito estranhos, mudam tão rápido que é difícil acompanhar.

Digo tudo isso porque acho que talvez escreva alguma poesia, afinal. Penso que uma balada seria mais o meu estilo, com versos curtos e simples, como:

Nenhuma coisa sobre o chão,
Embora tenha buscado à exaustão.
Abandonada por amigos e família,
Não deixarei para trás nem uma ervilha.

Nada pretensioso com palavras longas. Esse é apenas um exemplo, porque, na verdade, prefiro coisas mais românticas.

Com todos esses pensamentos passando pela minha cabeça como areia numa peneira, continuei a empacotar as minhas coisas. Foi um longo trabalho, mas não tinha nenhuma vontade de dormir, estava preocupada demais.

Dormir e acordar não são tão diferentes quanto costumavam ser, volta e meia misturo os dois. Minha memória é repleta de todo tipo de coisas que não estão, talvez, em ordem cronológica, mas há um monte delas. Então me orgulho de ter uma habilidade excelente para guardar uma miscelânea de lembranças.

Os gatos cantarolavam hinos à lua,
Na praia, só uma luz prateada flutua,

Essa rima nunca foi terminada, devo ter deixado de lado e ido dormir.

Santa Brigida é um subúrbio na extremidade sul da cidade. Na verdade, é uma antiga vila hispano-indígena ligada à metrópole por postos de gasolina e fábricas. As casas às vezes são de argila e outras vezes de pedra maciça, as ruas são estreitas e pavimentadas de forma grosseira, margeadas por árvores e muros altos que escondem mansões coloniais e parques. Teria certo charme se nos dias úmidos não viesse um cheiro tão forte da fábrica de papel, Gomez e Companhia. Uma gota de chuva e o lugar inteiro é tomado por um fedor terrível.

A última casa da Calle Albahacca era a Instituição. Não era nada parecida com o que Carmella e eu tínhamos imaginado. Havia muros, claro, mas de resto tudo era diferente. De fora não se via muita coisa, exceto os grandes muros antigos sobre os quais caíam belas-emílias e heras. A porta da frente era um grande bloco de madeira cravejado de pedaços de ferro que talvez tivessem sido pregos um dia. Estavam desgastados, quase lisos. Dava para ver uma torre se projetando um andar acima do muro. Parecia mais um castelo medieval do que o hospital ou a prisão que eu esperava.

A mulher que nos abriu a porta era tão inesperadamente diferente da guardiã imaculada que eu imaginava que não conseguia tirar os olhos dela. Era um pouco mais jovem do

que eu, cerca de dez anos, eu diria; usava calças de pijama de flanela, um paletó de cavalheiro e um suéter cinza de gola alta. Tinha bastante cabelo despenteado por baixo do quepe de marinheiro com as palavras H.M.S. Polegarzinha e uma coroa. Parecia muito animada e falava sem parar. Galahad e Muriel tentaram fazer comentários aqui e ali e ela não deixou nenhuma brecha.

Primeiras impressões nunca são muito claras, só posso dizer que parecia haver vários pátios, claustros, chafarizes desligados, árvores, arbustos, gramados. O prédio principal era um castelo, rodeado por vários pavilhões de formatos incongruentes. Habitações em forma de cogumelos, chalés suíços, vagões ferroviários, um ou dois bangalôs comuns, algo com o formato de uma bota, outro que imaginei ser como uma múmia egípcia descomunal. Era tudo tão estranho que cheguei a duvidar da precisão da minha capacidade de observação. Nossa guia continuou falando animadamente e parecia estar me explicando algo, ignorava Muriel e Galahad. Eu vi o espanto estampado no rosto deles, mas o fato de terem se dado ao trabalho de trazer meu baú os impedia de mudar de ideia.

Depois de andar por algum tempo, chegamos a uma torre isolada numa horta. Não era a torre do prédio principal. Era uma torre nova, caiada, e não tinha mais do que três andares. Guardava certa semelhança com um farol, dificilmente o que alguém esperaria encontrar num jardim. Nossa guia abriu a porta e, depois de falar mais quinze minutos, deixou que entrássemos. Estava claro que aquele lugar extraordinário era onde eu moraria. Os únicos móveis de verdade eram uma cadeira de vime e uma mesinha. Todo o resto era pintado. O que quero dizer é que as paredes eram pintadas com os móveis que não estavam lá. Era tudo tão bem-feito que a princípio quase me enganou. Tentei abrir o guarda-roupa pintado, uma estante com livros. Uma janela aberta com uma cortina esvoaçando com a brisa, ou que teria esvoaçado se fosse uma cortina de verdade. Uma porta e prateleiras com diversos tipos de enfeites. Toda essa mobília unidimensional tinha um efeito estranhamente deprimente, como bater o nariz contra uma porta de vidro.

Não demorou muito para que Galahad e Muriel fossem embora, mas nossa companheira continuou lá, falando como uma doida. Me perguntei se ela sabia que eu não conseguia ouvir sequer uma palavra do que dizia. De todo modo teria sido impossível comunicar qualquer coisa em meio à torrente de palavras, mesmo se minha enunciação fosse alta e forte. Enfim deixei-a tagarelando sozinha e subi a escada para examinar o restante da torre. Havia um quarto com uma janela de verdade, uma cama e um closet. As paredes não eram decoradas. No canto, uma escada levava a um alçapão que resolvi deixar para outra ocasião, pois me sentia um tanto fraca por todo o esforço.

Consegui fazer vinte e cinco viagens escada acima e abaixo e desempacotar meu baú inteiro e ela continuava falando. Decidi me arriscar a usar minha corneta auditiva. O banheiro ficava no térreo e era um bom lugar para testar a acústica.

"Não que fosse fazer muita diferença porque ele não tem permissão para entrar aqui em hipótese alguma por causa dos patos. Mas ele me mandou uma carta bem longa, e você devia ter visto como ele perseguiu um chacal por dez quilômetros.

"Já está quase na hora do chá e o dr. Gambit espera que estejamos reunidas antes que o sino toque. O dr. Gambit não é nada razoável no que diz respeito ao tempo, então é melhor nos apressarmos. Eu, pessoalmente, acho que o tempo não tem importância, e quando penso nas folhas de outono e na neve, na primavera e no verão, nos pássaros e nas abelhas, me dou conta de que o tempo não importa, e ainda assim as pessoas dão importância demais aos relógios. Bem, eu acredito em inspiração, uma conversa inspirada entre duas pessoas com alguma afinidade misteriosa pode trazer mais alegria do que até mesmo o mais caro dos relógios. Infelizmente, existem poucas pessoas inspiradas e precisamos recorrer à nossa própria reserva de fogo vital, isso é muito cansativo, sobretudo porque, como você sabe, eu tenho que trabalhar dia e noite mesmo que todos os meus ossos doam e minha cabeça esteja girando e eu esteja desmaiando de cansaço e ninguém entenda minha luta mortal para me manter de pé e não perder minha alegria inspirada de vida, mesmo que eu tenha palpitações no coração e elas me tanjam como um pobre animal de carga, muitas vezes me sinto como a Joana d'Arc, tão completamente incompreendida e com aqueles cardeais e bispos terríveis atazanando sua pobre mente agonizante com um monte de perguntas desnecessárias. Não tenho como não sentir uma afinidade profunda com a Joana d'Arc e volta e meia sinto que estou sendo queimada na fogueira só porque sou diferente de todos, porque sempre me recusei a abrir mão desse poder estranho maravilhoso que tenho dentro de mim e ele se manifesta quando estou em comunicação harmoniosa com algum outro ser inspirado como eu."

Fiz algumas tentativas vãs de dizer a ela que eu concordava de coração com a sua filosofia de vida. Também queria perguntar se poderia levar a minha corneta para o chá sem despertar muitos comentários mas era impossível, ela continuava falando, embora eu estivesse na frente dela abrindo e fechando a boca com alguma esperança. Também estava começando a me preocupar com o dr. Gambit, que não gostava que as pessoas chegassem atrasadas para o chá, mas minha companheira não deu sinais de que iria se mexer e bloqueava a única saída. Poderíamos ficar sem chá nenhum se não fôssemos imediatamente. Supondo que eles só servissem o chá da tarde e nenhum jantar, eu passaria fome até o café da manhã.

"Se ao menos as pessoas desse mundo compreendessem a importância de entender umas às outras. Veja só o meu exemplo, ninguém aqui me entende, eles nem se esforçam para assumir uma partezinha do terrível fardo de trabalho que está acabando comigo como Joana d'Arc. No entanto, minha fonte de inspiração ainda está intocada por causa do poder de luta que há dentro de mim. Borbulhas de ideias criativas puras saindo de mim, eu dou, dou, dou, mas as outras pessoas não compartilham essa capacidade de compreensão. Cada vez mais jogam trabalho para cima de mim, quando eu me levanto de manhã sou tomada por uma náusea terrível porque estou sobrecarregada, o excesso de trabalho já é suficiente para sangrar alguém até secar. Sou de uma generosidade tão tola que as outras pessoas tiram proveito de mim o tempo inteiro e as tarefas intermináveis do dia (e da noite) se amontoam nos meus ombros."

Isso era alarmante, que tipo de trabalho terrível perturbava a pobre mulher? Eu também teria que trabalhar dia e noite até não conseguir parar de falar? Talvez eles a tenham feito jogar carvão numa grande fornalha, provavelmente mantinham um crematório particular, as pessoas velhas nunca param de morrer. Talvez também houvesse uma prisão e nós tivéssemos que quebrar pedras e cantar canções de marinheiro (isso explicaria por que ela usava quepe). Todas aquelas cabanas excêntricas do lado de fora começaram a adquirir um significado sinistro. Bangalôs de cantigas infantis para enganar as famílias das velhinhas fazendo-as pensar que levávamos uma vida pueril e pacata e, nos bastidores, um imenso crematório e detentas escravizadas.

Comecei a me sentir mal e a não me importar se perdêssemos o chá, afinal. Meu braço estava paralisado de tanto segurar a corneta auditiva, mas um fascínio infeliz me impedia de tirá-la do ouvido e me afundar novamente naquilo que agora parecia um silêncio abençoado. Em algum lugar distante um sino tocou e, ainda falando, minha companheira me pegou pelo braço e seguimos em direção ao prédio principal. Eu segurava a corneta no ouvido como se estivesse hipnotizada. Seu discurso era como a roda da fortuna, que tem certas variações mas sempre volta ao mesmo lugar. O entusiasmo nunca diminuía, nem seu simpático rosto enrugado abandonava a expressão de intensa sinceridade.

Mais tarde, descobri que o nome da minha companheira era Anna Wertz. Não foi ela quem me contou, já que nunca teria tempo de dizer algo tão prático e banal.

O refeitório era um cômodo comprido com lambris e janelas francesas que davam para o jardim. Cortinas de veludo verde um tanto gastas nos separavam de um grande salão no qual tudo era coberto de chita. Chegamos bem a tempo de pegar nossos lugares quando todo mundo estava se sentando. Fiquei entre Anna Wertz e outra mulher. Estávamos sentadas em fila, de costas para as janelas francesas, e isso me deu uma sensação de claustrofobia.

Por um ou dois dias, as nove personalidades de minhas novas companheiras ficaram um tanto confusas. Eram todas bem diferentes, é claro, mas leva-se tempo para diferenciar as pessoas. Depois de uma breve observação, não ousei olhar tão de perto para o dr. Gambit, pois tive receio de parecer rude. Ele se sentou na cabeceira, o que era natural, imagino, sendo ele o único cavalheiro presente.

A primeira impressão que deu foi de ser careca, quase careca demais, muito gordo e nervoso. Era muito difícil ver seus olhos, já que usava óculos de lentes muito grossas. Quando enfim consegui espiar por trás dessas lentes grossas, vi que tinha olhos verdes suaves com cílios escuros, um tanto incongruentes num rosto assim; pareciam os olhos de uma criança. Eram olhos que não viam nada. De todo modo, suponho que fosse tão míope que não conseguisse enxergar muita coisa, coitado.

Mal havíamos nos sentado diante de nossa porção de geleia de morango e duas fatias de pão, Anna Wertz imediatamente se lançou no que poderia ter sido um discurso.

"Silêncio, Anna Wertz, fique quieta", disse o dr. Gambit tão de repente e com uma voz anasalada tão penetrante que até derrubei minha colher. Mesmo sem a corneta, pude ouvi-lo perfeitamente.

"Hoje, em homenagem a uma nova integrante de Nossa Pequena Sociedade, vou resumir os princípios básicos do Salão Luminoso. Muitas de vocês já estão aqui há algum tempo e estão familiarizadas com o nosso Propósito. Procuramos seguir o Significado interno do Cristianismo e compreender o Ensino Original do Mestre. Vocês já me viram repetindo essas frases muitas e muitas vezes, porém compreendemos de fato o significado de tal Trabalho? Trabalho é e Trabalho continuará a ser. Antes de termos sequer um tênue vislumbre da Verdade, devemos nos esforçar por muitos anos e perder as esperanças repetidas vezes até que o primeiro galardão seja concedido a nós."

Reparei que ele tinha um sotaque estrangeiro sutil que era difícil identificar de onde vinha. Mesmo assim, sua voz anasalada era tão audível quanto qualquer sirene. Ele parecia inspirar grande respeito, todas mastigavam a comida e olhavam para os pratos com uma expressão séria.

Enquanto ele falava, pude observar uma grande pintura me encarando na parede à frente. O quadro retratava uma freira com um rosto muito estranho e malicioso.

"Esses princípios aparentemente simples, embora infinitamente difíceis, são o núcleo de Nosso Ensinamento", continuou o dr. Gambit. "Existem três palavrinhas que sempre serão a Chave da compreensão do Cristianismo Interior. Lembrança de Si, minhas amigas, são as palavras que devemos nos esforçar para manter presentes em todas as nossas atividades diárias."

O rosto da freira na pintura a óleo estava tão curiosamente iluminado que ela parecia estar piscando, embora isso fosse impossível. Devia ter sido cega de um olho e o pintor havia retratado a deficiência de forma realista. No entanto, a ideia de que estava piscando persistia, ela piscava para mim com uma mistura desconcertante de zombaria e malevolência.

"A Lembrança de Si não deve, no entanto", prosseguiu o doutor, "nos transformar em fanáticos enfadonhos. Podemos nos lembrar de Nós e ao mesmo tempo ser companheiros excelentes e alegres." A ideia do dr. Gambit sendo alegre era, ao contrário, assustadora, então dei uma olhada em Anna Wertz para fazer a imagem sumir. Ela olhava para o prato, parecendo furiosa.

Uma ou duas mulheres fizeram perguntas ao dr. Gambit e timidamente coloquei minha corneta auditiva para que elas pudessem ver que eu estava demonstrando um interesse inteligente. A primeira mulher a falar usava uma blusa listrada elegante e um colete, e tinha o cabelo cortado como o de um homem. Depois descobri que era uma marquesa francesa chamada Claude la Checherelle. Isso me impressionou muito, já que conheci poucos aristocratas na vida.

"Devemos tentar Lembrar de Nós enquanto jogamos Escadas e Serpentes?", ela perguntou.

"Lembramos de Nós em todos os momentos e durante todas as ocupações e recreações", respondeu o doutor. Percebi que os óculos dele lançavam um olhar penetrante para a minha corneta.

Uma mulher pequena de expressão preocupada e cabelo fofo e esparso foi a próxima a falar. Percebi que ela lutava contra o constrangimento. "Sabe, doutor, eu me esforço muito, mas continuo me esquecendo de Lembrar de Mim, é humilhante."

"Só o fato de você observar essa falha no seu caráter já é uma melhora", falou o dr. Gambit. "Nós nos Lembramos de Nós a fim de tentar criar uma observação objetiva da Personalidade."

"Bem, vou continuar tentando melhorar de todo o coração, embora eu saiba que tenho uma natureza terrivelmente fraca." No entanto, ela parecia muito satisfeita. Eu me perguntei se ela tinha feito a própria blusa, que era rosa com um laço azul no pescoço. Sempre admirei quem sabe costurar. Carmella era uma costureira admirável. Mas era melhor não pensar em Carmella ainda.

Eles estavam se levantando da mesa e eu mal tive tempo de enfiar o último pedaço de pão na boca antes de ser abordada pela marquesa francesa. "Claude la Checherelle", disse ela, estendendo a mão de forma franca e amigável. Se eu soubesse na época que ela era marquesa, teria ficado constrangida de estar de boca cheia, mas eu não sabia, então engoli o pão sem me engasgar e falei "Boa tarde" educadamente.

"Deixa eu te contar", ela disse, me pegando com firmeza pelo braço, "como foi que derrotamos o exército alemão na África em quarenta e um. Foi há muitos anos, mas a memória ainda está fresca."

Então assim era uma reunião típica da hora do chá no refeitório. No entanto, poucas atividades humanas são típicas durante determinado período de tempo.

Três dias se passaram até que tivesse minha primeira conversa particular com o dr. Gambit. Durante esse tempo, comecei a esmiuçar a identidade das minhas outras companheiras e até conhecê-las um pouco. Ao todo, éramos dez pessoas com mais de setenta e menos de cem anos. A habitante mais velha tinha noventa e oito. O nome dela era Veronica Adams. Tinha sido uma artista e continuava a pintar aquarelas, ainda que fosse totalmente cega. O fato de não ver o que estava fazendo não a impedia de criar uma grande produção com o papel higiênico grosso fornecido para o nosso uso. Conseguia cobrir quase um metro por dia e, dessa forma, nem sempre pintava por cima do que havia feito no dia anterior.

Depois de Veronica, em ordem de idade, vinham Christabel Burns, Georgina Sykes, Natacha Gonzalez, Claude la Checherelle (a marquesa que já mencionei), Maude Wilkins, Vera van Tocht e Anna Wertz.

Nossas atividades diárias eram supervisionadas pela sra. Gambit, que na maior parte do tempo estava deitada com dor de cabeça, então ficávamos por nossa própria conta. Quando ela aparecia, no entanto, era notável como a atmosfera ficava tensa. Todas tínhamos medo dela, apesar do seu sorriso constante.

Além do dr. e da sra. Gambit e de três funcionários, ninguém, aparentemente, morava no prédio principal. Todas ocupávamos cabanas individuais, ou bangalôs, como eram chamados. Só depois de algumas semanas soube quem vivia na torre do castelo e, a essa altura, já conhecia todas e os aposentos de cada uma; todas menos a pessoa que morava na torre.

Veronica Adams vivia na cabana em forma de bota que tinha me surpreendido quando cheguei; Anna Wertz ocupava um chalé suíço que, olhando com mais atenção, na verdade era um relógio cuco. Não um relógio cuco que funcionasse de verdade, é claro, mas havia um pássaro olhando por uma janela sob o telhado. A janela não era real, havia sido desenhada na parede da cabana e não dava nem para dentro nem para fora. A marquesa morava num cogumelo vermelho com manchas amarelas. Tinha que subir uma escadinha para entrar, o que devia ser incômodo.

Maude, que mencionei durante a primeira reunião na hora do chá, e que de fato fazia suas próprias roupas, com muito talento, eu acho, a partir de moldes em papel pardo, compartilhava os aposentos com Vera van Tocht num bangalô de dois andares que um dia devia ter sido um bolo de aniversário. Originalmente fora pintado de rosa e branco, mas as cores não tinham resistido às chuvas de verão. Havia uma vela de cimento no telhado com uma chama de cimento que a princípio achei difícil de entender o que era, porque a tinta amarela tinha ficado verde-escura. Às vezes, eu achava que a cabana de bolo de aniversário tinha melhorado com o tempo e esperava que nunca fosse repintada com as cores originais.

Georgina Sykes ocupava uma tenda de circo, ou melhor, uma representação de cimento de uma tenda com listras vermelhas e brancas. Haviam pintado as palavras "tre e proveite o ow" em cima da porta e por muito tempo eu pensei nessas palavras misteriosas. Na verdade, dizia "Entre e aproveite o show", mas o tempo e as heras haviam se sobreposto às palavras.

Natacha Gonzalez morava no iglu de esquimó.

Quando o tempo estava bom, havia bancos de concreto para nos sentarmos no jardim. Não, é claro, que passássemos a maior parte do tempo sentadas. Sempre tínhamos muito o que fazer, jardinagem, cozinhar e outras ocupações, sobretudo de natureza doméstica.

Meu lugar preferido era o que chamávamos de laguinho das abelhas. Na verdade era um chafariz desligado coberto de nenúfares e cercado de paredes lindamente cobertas de gerânios brancos, roseiras trepadeiras e jasmins. Esse local isolado era o reduto de milhares de abelhas que zuniam durante os dias quentes em seus afazeres. Eu podia ficar sentada entre as abelhas por horas a fio e me sentir feliz, embora não saiba dizer por que elas me agradavam tanto.

Durante a manhã estávamos sempre ocupadas, embora eu notasse que Anna Wertz costumasse ficar deitada na sua espreguiçadeira, do lado de fora do relógio cuco, tomando sol. Se não estava deitada na espreguiçadeira, a única do lugar, estava conversando na porta da cabana de alguém. Isso parecia irritar algumas pessoas, mas eu, pessoalmente, me acostumei.

Na tarde do segundo dia, depois da qual perdi a noção de tempo, recebi a visita de Georgina Sykes. Na época, não sabia o nome dela e a identificava pela altura. Era muito mais alta do que qualquer outra pessoa e usava roupas sofisticadas com uma desenvoltura que eu admirava. Naquele dia, me lembro, ela vestia um longo quimono preto e calças vermelhas, estilo chinês. Me pareceu muito elegante. Seu cabelo era cortado na altura dos ombros e, embora não fosse mais abundante, estava habilmente arrumado sobre uma pequena área calva para dar a impressão de um penteado casual. Seus olhos deviam ter sido grandes e bonitos antes que a pele lilás flácida se acumulasse embaixo deles. No entanto, ainda guardavam uma expressão um tanto ousada, acentuada pelo rímel aplicado com certa imprecisão ao redor das pálpebras.

"Em certos momentos este lugar me dá nos nervos", ouvi Georgina dizer depois que coloquei a corneta auditiva. "Aquela Gambit bestial quer que eu descasque batatas e eu não posso ficar na cozinha assim que acabo de fazer as unhas." Para a minha surpresa, ela usava um esmalte vermelho que cobria a maior parte de seus grandes dedos ossudos.

"Achei a sra. Gambit uma pessoa muito gentil", comentei. "Ela sorri muito."

"Nós a chamamos de Rachel Regelada", disse Georgina, apagando um cigarro na minha mesa. "O nome dela é Rachel, o sorriso dela é Regelado. É uma criatura perigosa e horrível."

"Como assim, perigosa?" Minha mente voltou para o crematório invisível. Senti angústia outra vez. Me perguntei se a sra. Gambit era a responsável pela punição das internas do Luminoso.

"Ela me detesta por causa do médico. Ele é um sujeito libidinoso e fica me encarando sem parar durante as refeições, o que faz a Rachel Regelada se contorcer de ódio. Claro, como posso impedir que o marido bestial dela me devore durante as refeições?" Georgina acendeu outro cigarro com uma gargalhada de alegria: "E ele está sempre dando desculpas para me levar ao seu boudoir para conversas aconchegantes".

Tudo aquilo me parecia muito estranho. O dr. Gambit era um homem de meia-idade e era no mínimo quarenta anos mais novo que Georgina. No entanto, em relação à natureza humana nunca se sabe o que esperar, e tive tantas surpresas na minha época que já as espero na ordem geral da vida.

"Que tipo de medicina é a especialidade do médico?", perguntei para não demonstrar surpresa, o que não seria educado.

"Gambit é meio que um Psicólogo Santificado", disse Georgina. "O resultado é a Razão Sagrada, como a virada de mesa freudiana. Um tanto assustador e falso pra caramba. Se alguém conseguisse sair desse lixo ele deixaria de ser importante, sendo o único homem por perto, sabe. É realmente terrível demais ter todas essas mulheres reunidas. O lugar fica tão cheio de ovários que dá vontade de gritar. Daria na mesma se estivéssemos vivendo numa colmeia de abelhas."

Nesse momento nossa conversa foi interrompida pela sra. Gambit, que apareceu na porta com uma bacia de batatas. Eu torcia para que não tivesse ouvido nossa conversa.

"Há pelo menos duas integrantes da comunidade que faltaram às tarefas matinais", disse ela, com uma das mãos apertando a testa, que parecia doer. "É possível que eu tenha de fazer tudo sozinha enquanto vocês ficam aí sentadas fofocando? Tudo é possível. Ainda assim, para o bem de vocês, não posso permitir que o hábito da preguiça acabe com suas chances já tênues de salvar suas almas. Ou o que pode vir a se tornar almas com perseverança e Trabalho. É complicado dar esse título digno às emoções inconstantes que a maioria de vocês emprega em vez de um Eu imortal."

Com um sorriso aflito, ela voltou para a cozinha. Georgina mostrou a língua para as costas da mulher que se afastava. Mesmo assim, nos levantamos e a seguimos, falando baixinho sobre o tempo.

"Haverá Movimentos às cinco da tarde no ateliê", disse a sra. Gambit por cima do ombro. "Como é de costume, quem chegar atrasada vai perder o direito de jantar."

"O que são os Movimentos?", perguntei a Georgina, mas ela apenas fez uma careta horrível. A sra. Gambit ouviu minha pergunta e parou, baixando a bacia de batatas.

"É melhor você ficar sabendo logo dos Movimentos", ela me disse. "Quem não entende seu Significado nunca poderá compreender o sentido total do Cristianismo Interior.

"Os Movimentos nos foram transmitidos no passado por Alguém da Tradição. Possuem muitos significados que eu ainda não tenho liberdade de lhe revelar, porque você acabou de chegar, mas posso dizer que um de seus significados externos é a evolução harmoniosa de Todo o organismo segundo diferentes ritmos Especiais que toco no harmônio.

Não espere entender o significado dos Movimentos logo de saída, apenas comece como faria com qualquer tarefa normal do cotidiano."

Não ousei perguntar a ela se esses Movimentos eram de ginástica. Fiquei muito preocupada e apenas assenti várias vezes. Queria assentir uma única vez, olhando para ela com o que esperava ser uma expressão inteligente. De alguma forma, minha cabeça continuou balançando nervosamente e foi difícil pará-la.

Georgina me cutucou e disse algo que não consegui ouvir porque havia esquecido minha corneta no farol. Comecei a gostar de Georgina, ela me parecia alegre. Devia ter feito parte de algum grupo badalado antes de sua família considerá-la senil demais para continuar em casa. Devia ter tido uma vida muito emocionante e sofisticada. Esperava que ela me contasse sobre isso um dia, o que ela fez depois, várias vezes.

Na cozinha, todas nos sentamos ao redor de uma grande mesa limpa para descascar legumes. As que não estavam presentes deviam estar ocupadas com outro trabalho ao ar livre. Contando com a sra. Gambit, éramos cinco. Georgina, Vera van Tocht, Natacha Gonzalez e eu. A sra. Van Tocht, a quem nunca consegui chamar pelo primeiro nome, era muito imponente. Gorda, tão gorda que seu rosto e ombros eram quase da mesma largura. No meio de todo esse rosto, havia pequenos traços enrugados, olhos astutos e uma boca franzida.

Natacha Gonzalez também era gorda, mas parecia miúda em comparação com a sra. Van Tocht. Natacha usava o cabelo preso num coque. Como tinha sangue indígena, tinha mais cabelo do que qualquer outra pessoa e a invejávamos. Seu rosto era de uma cor de limão pálido, o que indicava que estava com o fígado ruim. Os olhos eram grandes como ameixas, com pálpebras pesadas.

Todas falavam e trabalhavam ao mesmo tempo, mas como não as ouvia me dediquei a limpar a vagem; as vagens nesse país são bastante ásperas e têm fios dos dois lados, como cordas. Estávamos trabalhando havia cerca de uma hora quando um estranho incidente aconteceu. Natacha Gonzalez despejou todos os seus legumes e água suja no meu colo e se levantou de braços erguidos e olhos arregalados. Ela ficou imóvel durante pelo menos dois minutos e desabou na cadeira. Seus olhos agora estavam fechados e sua cabeça afundada contra o peito.

"Ela ouve vozes", Georgina gritou no meu ouvido. "Quando ela faz isso, pensa que está ficando com chagas e começa a engordar para a Páscoa." Apesar do desmaio, vi a boca de Natacha se retesar, como se tivesse escutado. A sra. Van Tocht olhou para Georgina com raiva e se levantou para passar panos de cozinha molhados na cabeça de Natacha. A sra. Gambit disse algo que eu não ouvi, mas parecia desinteressada.

Passado um tempo, o descascar dos legumes foi retomado. Quando o relógio marcou meio-dia, saímos para dar uma volta no jardim antes do almoço. Tive que trocar de vestido porque estava encharcada depois de ter levado a panelona cheia de água no colo. Esperava não pegar um resfriado. Anna Wertz estava esticada na espreguiçadeira e parecia estar falando sozinha.

Naquela tarde, cheguei pontualmente às cinco horas no ateliê para os Movimentos. Havia cadeiras junto às paredes, mas a sala estava vazia, exceto pelo harmônio. Todas nos sentamos em silêncio até que a sra. Gambit apareceu e ficou ao lado do instrumento. Eu tinha trazido minha corneta com o objetivo de não perder nada. Estava muito ansiosa.

"Esta tarde vamos começar com o Primário Zero", anunciou a sra. Gambit, passando a mão pela testa. "Estamos com uma recém-chegada entre nós que ainda não tem experiência

com o Trabalho. Para que ela possa acompanhar, darei uma demonstração do Primário Zero." Ela fez uma pausa, olhou para o chão por um momento, como se estivesse se recompondo, e depois começou a esfregar a barriga num movimento circular no sentido horário e a bater no topo da cabeça com a outra mão. Fiquei aliviada por ter feito isso na escola e não tive muita dificuldade em repetir os movimentos da sra. Gambit. Após a demonstração, ela se sentou ao harmônio e se dedicou ao instrumento com bastante energia para uma pessoa de constituição tão delicada. Não apenas seus braços, cotovelos e ombros se levantavam, mas ela realmente se erguia e se abaixava no assento, como se estivesse montada num cavalo mecânico. Todas nós fizemos os movimentos, trocando de mãos a cada dez rodadas na barriga. Não chegou a ser extenuante, mas fiquei satisfeita quando paramos.

A sra. Gambit girou em seu assento e se dirigiu a mim antes que eu colocasse a corneta no meu ouvido. "Há? Há? Há?", eu disse enquanto ela repetia: "Marian Leatherby, os primeiros movimentos não são no sentido anti-horário. Por favor, observe Maude Wilkins com atenção, ela conhece bem a maioria dos exercícios".

Repetimos a mesma coisa quatro vezes e o harmônio ficava cada vez mais alto. "Agora todas se levantem e passaremos pelos números quatro e cinco bis. Marian Leatherby, por favor, fique do meu lado e observe as outras, você participará da próxima vez."

Eu me aproximei e parei ao lado dela, obediente, e elas começaram o que para mim era impossível de seguir. A única coisa que estava clara era que elas se apoiavam numa perna só como cegonhas e oscilavam de um jeito perigoso. O resto era uma série de empurrões em que braços voavam em todas as direções e cabeças se retorciam e se viravam até eu achar que iriam quebrar o pescoço. Então uma coisa terrível aconteceu comigo. Comecei a rir e não conseguia parar. Lágrimas escorreram pelo meu rosto e cobri a boca com a mão, na esperança de que pensassem que era uma tristeza secreta e que eu estava chorando e não rindo.

A sra. Gambit parou de tocar o harmônio. "Sra. Leatherby, se você não consegue controlar suas emoções, por favor, saia da sala."

Saí e me sentei no banco mais próximo, onde ri sem me conter. Claro que era um comportamento grosseiro, mas não havia nada que eu pudesse fazer. Mesmo quando eu ainda era moça, às vezes era surpreendida por ataques de riso incontroláveis, sempre em público. Certa vez, lembro que num teatro, acompanhada do meu amigo Marlborough, quase tive que ser carregada para fora porque um homem de sobrecasaca se levantou para recitar uma poesia muito dramática. Não me lembro se foi um reflexo nervoso ou se a poesia me pareceu realmente cômica. Marlborough parecia estar sempre presente quando eu era surpreendida por meus ataques, que ele tinha o prazer de chamar de risada maníaca da Marian. Ele sempre gostou de me ver dar espetáculos. Isso me fez pensar no que Marlborough estava achando de Veneza. Ele devia viver navegando de gôndola, possivelmente acompanhado de sua irmã com deficiência. Mais uma vez me perguntei o que poderia haver de diferente com essa irmã da qual eu nunca tinha visto nem sequer uma fotografia durante trinta anos de amizade com Marlborough. Deve ser algo espetacular, como ter duas cabeças. Nesse caso, ele dificilmente a levaria para passear de gôndola, a menos que, talvez, ela ficasse protegida sob uma cortina de linho. Linho grosso, ou mesmo algodão.

Marlborough vem de uma família bastante aristocrática, então é de esperar algum tipo de peculiaridade. Embora eu tivesse uma avó louca e minha família não fosse nada aristocrática. Mas vacas podem ser aristocratas? Bezerros de duas cabeças são bastante comuns em feiras.

Eu estava pensando em tudo isso quando a sra. Van Tocht se juntou a mim, sentando-se pesadamente. Ela ainda estava ofegante pelo esforço dos Movimentos.

"Alguém está cantando 'O sole mio' para Marlborough, que está navegando de gôndola com a irmã de duas cabeças", eu disse, e parei abruptamente. De verdade, devo aprender a não dizer meus pensamentos em voz alta. A imagem era tão clara que eu tinha visto as duas cabeças através das cortinas cor de limão da gôndola. A sra. Van Tocht ignorou o que eu disse e se inclinou em minha direção de maneira conspiratória, de modo que tive dificuldade de ajustar minha corneta auditiva.

"Você pode confidenciar a tragédia da sua vida a mim", disse ela, bufando e arfando. "Todos nós atravessamos provações e tristezas no caminho, até encontrarmos a luz."

"Tive minhas dificuldades", respondi com a intenção de reclamar de Muriel e Robert. Teria sido muito agradável, mas quando eu estava começando a falar do aparelho de televisão ela me interrompeu com um gesto impaciente: "Sim, eu entendo tudo. Há poucos recantos escuros do coração humano que não examinei com a minha visão especial. Não sou uma visionária como a sra. Gonzalez, Natacha. Querida Natacha. Mas tenho uma visão astral que me permite ajudar e confortar meus semelhantes. À minha maneira modesta, encaminhei muitas almas errantes para a luz, mas meus pobres dons não são nada se comparados aos poderes maravilhosos de Natacha. Ela é controlada, você entende, o controle espiritual é uma dádiva rara e linda. Natacha é o Receptáculo Puro através do qual os poderes invisíveis se manifestam para nós. 'NÃO EU, MAS AQUILO QUE FUNCIONA EM MIM.' Essas são as palavras constantes de Natacha, ela tem uma grande modéstia límpida como a do Mestre de quais milagres foram operados com as palavras 'Não eu, mas meu pai que está no céu'".

Durante a pausa, apressei-me em voltar para Robert e o aparelho de televisão. "Meu neto Robert", eu disse, "tem um vício desagradável de assistir TV. Antes de instalar esse aparelho horrível em casa, eu me sentava na sala depois do jantar e entretinha toda a família com contos de fadas e anedotas da minha vida. Eu me orgulho de ser capaz de contar histórias muito divertidas quando quero. Nada vulgar, é claro, mas espirituoso e até picante quando não estou sofrendo com meu reumatismo. O reumatismo, claro, é um grande empecilho para histórias engraçadas. Bom, a minha nora, Muriel, não é muito empática com o reumatismo. Ela também é bastante gulosa com chocolates, que sempre esconde, um hábito bem desagradável. Muitas vezes me pergunto como Galahad conseguiu se casar com uma pessoa como Muriel..."

Estava começando a me divertir, mas a sra. Van Tocht logo me impediu de falar com um gesto imperioso: "Você nunca deve se orgulhar de nada. Mesmo algo tão trivial quanto uma anedota cômica é uma praga espiritual se usada como fonte de amor-próprio. A modéstia é fonte de luz. O orgulho é uma doença da alma. Muitas pessoas vêm a mim em busca de conselhos e conforto espiritual. Quando ponho minhas mãos sobre elas para acalmar suas ansiedades e enchê-las de Amor e Luz, sempre digo: 'Primeiro seja modesto. Um copo cheio não pode receber'".

Ela estava quase sentada em cima de mim, eu mal conseguia respirar, mas estava determinada a contar mais sobre Muriel: "Minha nora começou a dar festas com partidas de bridge depois que o Robert trouxe o aparelho de televisão para casa. Quer dizer, teria sido bridge, na minha época. Agora eles chamam de Festa da Canastra. Eles literalmente me expulsaram da sala quando as pessoas chegaram para jogar esse jogo ridículo. Na primeira noite, me recusei a sair e contei catorze histórias de papagaios, sem esquecer o final de mais de seis".

Esperava que ela me pedisse para contar uma dessas histórias, e eu tinha acabado de decidir contar a história do Papagaio de Yorkshire, quando ela recomeçou: "Nas quartas à noite, Natacha reúne grupinhos em nosso bangalô. Tenho certeza de que você terá um grande proveito espiritual se vier também. Ficaríamos só Natacha, Maude, você e eu, tudo muito aconchegante e intimista. Natacha nos passa as Mensagens, enviadas a cada uma de nós individualmente a partir do grande invisível, e então damos as mãos em volta de uma mesinha e trocamos vibrações. Às vezes somos favorecidas com materializações do plano astral".

Eu tinha acabado de chegar à metade da história do Papagaio quando ela se levantou e disse: "Então esperamos você às oito e meia da noite de quarta-feira no meu bangalô. Não mencione isso para a sra. Gambit, pois ela tem grande orgulho espiritual e sente inveja dos poderes maravilhosos de Natacha. Além disso, mantemos o Círculo em segredo para concentrar a energia astral".

Com essas palavras misteriosas, ela se afastou, e fiquei tentando lembrar como a história do Papagaio de Yorkshire terminava. Anna Wertz apareceu no caminho de repente, e eu me levantei e me virei em direção a meu bangalô, fingindo que não a tinha visto. Mas ela andou mais rápido do que eu e logo me alcançou. Anna não me impediu de aproveitar o ar da noite e, estando eu sem a corneta, sua voz era um murmúrio distante, como o de uma multidão num campo de futebol longínquo. Sem fazer nenhuma tentativa de ouvi-la, reparei com alegria que Vênus estava visível e brilhava sobre as copas das árvores. Desejava dizer a Anna como eu amava esse planeta brilhante, mas sabia que isso estava fora de questão. Ela parecia irritada, é provável que estivesse trabalhando muito duro outra vez, ainda que eu não fosse capaz de imaginar o que ela fazia de tão exaustivo.

Que delícia seria encontrar algumas pessoas, ou mesmo uma pessoa, incondicionalmente emocionada com o que se tinha a dizer. Imaginei-me contando histórias de papagaios para uma plateia animada por horas a fio sem que ninguém interrompesse ou bocejasse. Ou ainda explicar como Muriel e Robert sempre foram muito injustos comigo, e como Galahad tinha uma personalidade forte, que foi pouco a pouco enfraquecida pelas chateações da esposa. Meros devaneios, pode-se dizer, mas há pessoas que falam muito e ninguém se atreve a interrompê-las. O que eles podem falar de tão interessante? Talvez se vivesse visitas fantasmagóricas como a sra. Gonzalez, seria possível despertar o interesse de outras pessoas, sobretudo se falasse com elas de si mesma. Esse, suponho, era o segredo. As pessoas só gostam do que lhes diz respeito e eu não sou exceção à regra.

Todos nós apreciamos ser populares, mas que preço a pagar, sempre falando a respeito da outra pessoa e nunca de si própria. E duvido que alguém tenha algum prazer com isso, a menos, é claro, que volta e meia seja convidado para tomar chá com doces franceses. Vinho do Porto poderia ser servido em vez de chá, se uma pessoa muito interessante assim preferisse. Especialmente se eu fosse essa pessoa interessante e só falasse de outras pessoas. Nesse caso, talvez eles cogitassem trocar a bebida.

Me vi sentada numa sala quente com cortinas escarlate cercada por rostos felizes, reservados, mas vagos. Bebi taças e mais taças do saboroso vinho português acompanhadas vez ou outra de um pequeno éclair francês. Todas ficavam cada vez mais felizes, quando cheguei ao farol explodiram em aplausos, Anna Wertz havia desaparecido. Ela deve ter notado que eu não estava prestando atenção no que ela dizia. Pobre Anna, que terrível que ninguém gostasse de ouvi-la.

Vênus brilhava sobre as árvores e estava quase na hora da ceia. Eu queria um bom ovo cozido para o jantar, mas era preciso comer o que chegasse à mesa. Embora o dr. Gambit tenha permitido que me abstivesse de comer carne, eu não podia comer duas porções de legumes, então às vezes me levantava da mesa com fome. Ele nos disse que, à medida que envelhecemos, precisamos de menos comida, e que comer demais matava as pessoas velhas mais rápido do que qualquer outra coisa. Atrevo-me a dizer que ele tinha razão, mas nós, pessoas velhas, temos muito prazer em comer.

Eu me perguntava como o dr. Gambit e a sra. Van Tocht conseguiam ser tão gordos com nossas refeições frugais. Suponho que comessem às escondidas em seus quartos, embora fosse um mistério como a sra. Van Tocht conseguia comida extra. A sra. Gambit estava sempre vigiando a cozinha como um lince e a despensa vivia trancada.

Resolvi discutir tudo isso com Georgina, que em geral parecia bem informada. Havia outra questão importante que decidi debater com Georgina, que dizia respeito ao retrato da freira pendurado em frente ao meu lugar no refeitório. Durante as refeições, o dr. Gambit costumava fazer longos discursos sobre assuntos teóricos que eu não entendia. Enquanto o médico falava, eu tinha tempo de sobra para examinar a freira que piscava. Meu interesse aumentou com o passar do tempo. Georgina era culta e volta e meia mencionava artistas famosos que tinham sido loucamente apaixonados por ela. Então, fingindo que meu interesse era apenas artístico, perguntei a ela sobre a pintura.

"Pode ser a escola Zurbarán", ela disse, pensativa. "Provavelmente pintado no final do século XVIII. Espanhol, é claro, um italiano nunca faria algo tão encantadoramente sinistro. Uma freira com um olhar de soslaio. Mestre desconhecido."

"Você acha que ela está piscando mesmo ou é cega de um olho?", perguntei, ansiosa pela opinião de Georgina a respeito de um aspecto mais pessoal da mulher.

"Ela sem nenhuma dúvida está piscando; é provável que a velhota lasciva esteja espiando o mosteiro por um buraco na parede, bisbilhotando os monges se pavoneando de calções." Georgina só pensava numa coisa. "É lindo", acrescentou. "Eu me pergunto como é que os Gams o deixaram pendurado aí, no meio das suas coisas horrendas. Devem ter queimado tudo que havia na casa há muito tempo, exceto a freira maliciosa."

De fato a pintura tinha uma força própria e fiquei satisfeita por Georgina também ter se impressionado. Ela era uma pessoa muito culta, quase uma aristocrata.

Era mesmo estranha a frequência com que a abadessa de olhar atravessado ocupava meus pensamentos. Até dei um nome a ela, guardando só para mim. Eu a chamei de Doña Rosalinda Alvarez della Cueva, um nome lindo e longo, ao estilo espanhol. Ela era a madre superiora, imaginei, de um enorme convento barroco numa montanha solitária e árida em Castela. O convento se chamava El Convento de Santa Barbara de Tartarus, a padroeira barbuda do Limbo que diziam brincar com crianças não batizadas nessa região subterrânea. Como todas essas fantasias me ocorreram, eu não sei dizer, mas elas me divertiam, sobretudo nas noites de insônia. Pessoas velhas não dormem muito.

"É", disse Georgina, "como aqueles espanhóis entendiam de pintura de tecido preto. Era muito mais soberbamente deprimente do que o preto dos outros. O hábito da velha tem a textura de pétalas de orquídea e a cor do Limbo. É mesmo uma pintura maravilhosa. O rosto cercado por aquele babado branco e engomado é luminoso como a lua cheia, e tão fascinante quanto." De alguma forma, senti que Georgina entendia a pintura da maliciosa madre superiora melhor do que eu jamais entenderia.

Três dias depois de chegar ao Salão Luminoso, tive minha primeira consulta particular com o dr. Gambit. Fui convocada a seu consultório por um pequeno pedaço de papel de carta rosa com a seguinte mensagem: "Marian Leatherby, por favor, apresente-se em meu consultório às seis da tarde, L. Gambit, Psi".

O consultório, ou escritório, como era chamado em ocasiões normais, ficava no piso térreo do edifício principal. Era uma salinha com vista para uma varanda circular e, mais adiante, para o gramado e os ciprestes que contornavam a ala oeste. O cômodo era tão abarrotado de bibelôs e móveis pesados que chegava a ser sufocante. Livros, revistas, budas de latão e cristos de mármore, miscelâneas arqueológicas, canetas-tinteiro e tudo que era tipo de pequenos acessórios tomavam conta de cada centímetro quadrado do espaço. O dr. Gambit estava sentado atrás de uma enorme mesa de mogno que ocupava metade da sala. Ele parecia profissional quando disse para eu me sentar. Encontrei um espaço livre com alguma dificuldade.

"Não esperamos resultados do Trabalho durante semanas ou até anos", explicou o dr. Gambit. "Esperamos, no entanto, Esforço. Este Instituto foi fundado com o intuito de levar as pessoas ao Trabalho. Cristianismo Interior. Escolhemos nossos iniciados entre pessoas que já vivenciaram as tristezas e dificuldades da vida em três dimensões, pessoas, na verdade, que já estão tão decepcionadas com a existência que os laços afetivos seriam enfraquecidos com o tempo e a frustração. Essa condição é capaz de abrir as portas psíquicas para a Nova Verdade."

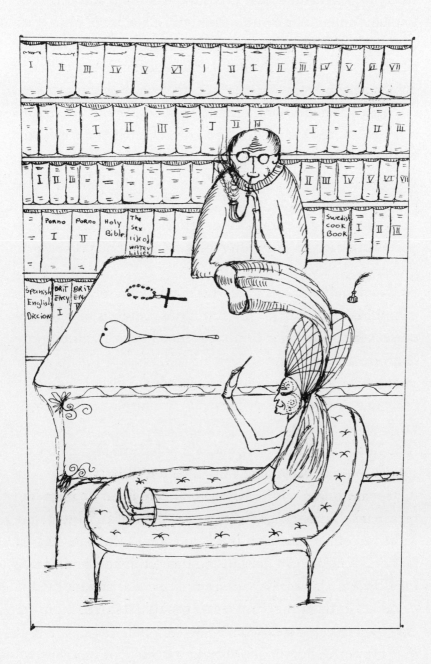

Ele me olhava com severidade, mas eu apenas assentia com a cabeça, como faço quando estou nervosa. Então ele anotou algo num caderno e continuou: "Cada integrante desta comunidade é Observada com atenção e Avaliada para que possa receber Ajuda. Nenhuma Ajuda será útil se não houver colaboração e Esforço da parte da pessoa. Relatórios no seu caso específico mostram a seguinte lista de impurezas interiores: Ganância, Desonestidade, Egoísmo, Preguiça e Vaidade. No topo da lista está a Ganância, demonstrando uma paixão dominante. É impossível superar tantas deformidades psíquicas num curto espaço de tempo. Você não é a única vítima de seus hábitos degenerados, todos têm falhas, e aqui buscamos observar essas falhas e eliminá-las sob a luz da Observação Objetiva, da Consciência.

"O fato de Você Ter Sido Escolhida para se juntar a essa comunidade deve oferecer estímulo o bastante para enfrentar seus próprios vícios com coragem e lutar para diminuir o domínio deles sobre você."

Fiquei um pouco confusa com aquele discurso e posso dizer que também me senti ofendida. Depois de resmungar um pouco para botar meus pensamentos em ordem, eu disse: "Dr. Gambit, você está enganado se pensa que alguém me escolheu como iniciada para a sua Instituição. Fui enviada para cá apenas porque minha família queria se livrar de mim sem ter um assassinato pesando em suas consciências. Minha nora Muriel escolheu essa Instituição porque era o único lugar para senhoras senis dentro das possibilidades financeiras dela e de meu filho Galahad. Duvido muito que alguém aqui tenha ouvido falar de mim, então como você pode insinuar que fui escolhida pela Instituição?".

"Há certas coisas que você não deve nem esperar nem tentar entender no presente momento", respondeu o médico, misterioso. "Viva suas tarefas diárias com atenção e Esforço. Não tente interpretar os Planos Superiores e seus mistérios antes de poder se livrar do Hábito Automático. Vício e Hábito significam a mesma coisa. Enquanto formos vítimas do Hábito, seremos escravos do Vício. Aconselho você a começar abrindo mão da couve-flor. Percebo que você tem um apetite exagerado por esse legume, sua paixão reinante, na verdade, a Ganância."

A sra. Gambit devia ter me visto roubar um pequeno ramo de couve-flor cozida durante as tarefas matinais na cozinha. Preciso ser mais cuidadosa, pensei, balançando a cabeça.

"Estou feliz e animado de ver que você já está enfrentando sua Personalidade Deficiente", disse o dr. Gambit. "A Personalidade é um Vampiro e o Verdadeiro Eu nunca pode emergir enquanto a Personalidade for dominante."

Tive vontade de dizer: "Sim, isso é bem verdade, mas como você critica minha ganância se é bem mais gordo do que eu?". No entanto, só consegui murmurar, e ele pareceu entender que eu estava pedindo orientação espiritual.

"Não desanime", ele falou. "O Esforço é sempre premiado quando renunciamos o Galardão. Embora a Ganância esteja profundamente enraizada na sua natureza, o fato de você reconhecê-la como um tumor destrutivo vai ajudar a desalojá-la, como um dentista extraindo um dente cariado."

Com certeza alguém gordo como ele devia ao menos ser tão ganancioso quanto eu. Ou era algo Glandular? As pessoas gordas sempre dizem que têm problemas "Glandulares", embora comam mais do que todas as outras, como Muriel, sempre se enchendo de chocolates, sem nunca dividir com ninguém.

De qualquer forma, toda essa conversa sobre a ganância viciosa sem dúvida contribuía para a economia ao alimentar velhas senis. As gavetas daquela escrivaninha colossal com certeza estavam cheias de frutas em conserva, biscoitos, jujubas e caramelos. A gaveta de cima era reservada, imagino, para alimentos perecíveis, como sanduíches de queijo e frango assado frio, para que não fossem esquecidos sob algum livro de contabilidade numa gaveta de baixo.

"Glandular mesmo!", eu disse em voz alta. "Nunca ouvi tamanha baboseira."

Para minha surpresa, dr. Gambit pareceu satisfeito e respondeu imediatamente: "Aí você tem uma das bases práticas mais importantes para a Auto-observação. As Glândulas e sua função são uma das primeiras provas da Vontade sobre a Matéria".

"Glandule-se você!", respondi, mas estava tão zangada que minha enunciação deve ter saído pior do que o normal e ele continuou me dizendo como observar minhas glândulas. Um Gordo Babaca Insignificante me falando sobre minhas glândulas!

Devo ter cochilado depois disso, porque a sala estava muito quente. Acordei de repente quando a porta foi aberta com violência. Natacha Gonzalez entrou vestida como uma aparição. Ela usava uma longa camisola branca e seus fartos cabelos grisalhos escorriam sobre os ombros. O rosto amarelo tinha duas manchas roxas de raiva em cada bochecha, e ela apontou para o dr. Gambit com uma fúria vingativa: "Se você não se livrar dessa mulher", ela gritou, "deixarei o Instituto essa noite".

Fingindo ainda dormir, coloquei a corneta com cautela na minha orelha esquerda. O dr. Gambit se levantou um tanto agitado e acomodou a sra. Gonzalez na cadeira mais próxima, em cima de alguns romances em brochura. "Acalme-se, Natacha, lembre-se de sua Missão Especial", falou, acendendo um cigarro e pondo na boca dela. Observei tudo isso com um olho. Devo dizer, o dr. Gambit teve uma atitude inesperada com Natacha Gonzalez.

"Querida Senhora, Serenidade é o Tributo que você deve prestar às maravilhosas Dádivas que fluem através de você. Serenidade, Natacha", ele repetiu, olhando fixo para ela através das duas lentes grossas de seus óculos. "Serenidade, Natacha, você está serena, perfeitamente calma e serena."

A sra. Gonzalez relaxou um pouco e agora fumava o cigarro tranquila. "Você é Natacha Serena, você está calma e relaxando suavemente. Agora me diga o que ia dizer quando chegou."

"É uma Mensagem do Grande Além que me foi concedida por um homem alto e barbudo." Sua voz agora parecia a de uma sonâmbula. Ela ainda se agarrava à cadeira aos espasmos, até os nós dos dedos ficarem brancos. "Essa figura Alta e Barbuda entrou flutuando no meu quarto e me entregou uma coroa de rosas brancas dizendo 'Você é Natacha, sobre essa fonte de luz construo meu ensinamento, a Você entrego as rosas do Céu, Seu Odor de Santidade é perfumado como flores ao Senhor. Meu nome é Peter, que significa Pedra'."

"Diga-me tudo, Natacha, você é Serena e calma, afortunadamente calma e Serena", disse o dr. Gambit, pondo o dedo indicador na testa de Natacha.

"Então o Santo homem pegou minha mão e nos levantamos devagar e ele acariciou meus cabelos dizendo 'Natacha, essas Santas Rosas do Reino dos Céus são o Símbolo de seu Trabalho entre homens e mulheres. Você é o Receptáculo Puro através do qual a Vontade do Mestre se manifesta ao seu rebanho. Alegre-se, porque você foi escolhida para liderar outros, Natacha Abençoada entre as mulheres'.

"Então", Natacha continuou, agarrando-se à cadeira e abrindo um olho, "ele anunciou que havia uma mensagem para Georgina Sykes. Ele falou: 'Diga a Georgina Sykes que se ela continuar espalhando fofocas maldosas sobre o dr. Gambit e ela, suas chances cada vez menores de Salvação serão petrificadas para sempre'."

Eu vi o médico se contorcer, nervoso. "Que tipo de fofoca?", ele perguntou bruscamente, em seguida modificando o tom para o de uma fala arrastada hipnótica: "Que tipo de fofoca, Natacha? Você está calma e Serena. Que tipo de fofoca?".

A voz de Natacha era tudo menos calma e serena quando ela respondeu com maldade: "Você vai ter uma surpresa desagradável com essa velha promíscua, caluniadora e maligna. Aqueles olhos flácidos e atrevidos dela vão flertar com muita frequência".

O dr. Gambit fez um leve gesto de impaciência: "Que tipo de fofoca, Natacha? Responda, agora você está relaxada e Serena, RESPONDA".

"Ela anda por toda a Instituição dizendo às pessoas que você está tentando seduzi-la e que até tentou entrar no bangalô dela à noite."

"Absurdo!", exclamou dr. Gambit com raiva. "Ela deve estar louca."

"Georgina Sykes é uma velha obscena", disse Natacha com fervor. "Ela é uma maníaca sexual e não deveria ter permissão para se misturar com as outras companheiras da comunidade. Ela distorce suas mentes."

"Vou ter que falar com ela imediatamente", disse Gambit em extrema agitação. "Isso pode arruinar a reputação de toda a Instituição!"

"Não é só isso", acrescentou Natacha. "Ela me insultou de forma escandalosa. Claro que fui de imediato ao bangalô dela transmitir a Mensagem, com toda a pureza de espírito que cultivei para minha Missão. 'Georgina', eu disse gentilmente, 'tenho uma mensagem para você.' Ela respondeu com muita grosseria: 'Se é uma dessas mensagens do Céu, enfia num lugar ou outro'. Fiquei chocada e magoada, mas mantive meu Brilho Interior e a aconselhei a ouvir o que só poderia ser para seu próprio bem. Então ela me empurrou para fora e bateu a porta. Ainda brilhando com paz secreta, passei o dia trabalhando com alegria até ter a infelicidade de encontrar Georgina meia hora atrás, no passeio do fim da tarde. Ela me deteve e sibilou como uma serpente furiosa: 'Natacha Gonzalez, você é uma hipócrita lamentável, e se algum dia tentar me trazer mais alguma de suas mensagens bestiais vou cuspir na sua cara'. Esse é o relato completo de todo o caso. É meu dever abrir sua consciência para o perigo e a perfídia dessa mulher horrível. Vou sair da Instituição se ela permanecer."

O dr. Gambit parecia ter esquecido a serenidade afortunada. Ele agora andava de um lado para outro balançando as mãos e dizendo: "É uma ocorrência terrível. Georgina Sykes é mantida aqui por seu sobrinho, que paga o dobro do que qualquer outra pessoa porque ela demanda extras. Extrato de Bovril, lençóis limpos duas vezes por semana, massagem e Ovomaltine na hora de dormir. É tudo muito angustiante, a sra. Gambit deve ser poupada disso, a enxaqueca dela me impediria de dormir por semanas".

Natacha, que não parecia interessada nessas reflexões, levantou-se e disse ao sair: "Aceite meu conselho e se livre dela, é uma ameaça pública".

Por fim, também me levantei e fui embora. Duvido que o médico tenha me visto sair. Ele olhava pela janela, parecia tão angustiado que senti pena do coitado. Percebi que o médico sempre parecia desanimado na presença da sra. Gambit, e agora entendia que, na verdade, ele tinha medo dela. Era possível que ela também o punisse com a comida. Numa sociedade como a nossa, quem controla a distribuição de alimentos tem poder quase ilimitado. O governo despótico na cozinha da sra. Gambit parecia uma vantagem injusta. Me perguntei se não seria possível organizar um pequeno motim.

A tarde de domingo era o período habitual para receber visitas. Parentes mais afetuosos chegavam com piqueniques para o almoço, que eram comidos em diferentes cantos do jardim ou no gramado. O restante de nós, que não recebia essa atenção especial, sentava-se perto dos que comiam e os observava com atenção para poder criticá-los depois; assuntos para conversa eram sempre bem-vindos. Além disso, as pessoas que recebiam presentes suntuosos, como frango assado e bolo de chocolate, mereciam uma observação mais detida.

Diversos domingos se passaram até que Galahad e Muriel viessem me ver. Chegaram por volta das cinco da tarde, trazendo uma caixa de jujubas multicoloridas e uma carta de Carmella. Eu estava muito animada por enfim ter notícias de Carmella, mas controlei minha impaciência e guardei o envelope gordo no bolso, para depois apreciá-lo sozinha e sem distrações.

Muriel parecia mais gorda do que nunca, e Galahad bastante cansado.

"Sei que você ficará muito feliz de saber que Robert está noivo", disse Muriel, com a voz sempre tão desagradavelmente alta que era obrigada a ouvi-la. "Estamos muito contentes, porque ele escolheu uma boa garota inglesa de uma família muito bem de vida. Eles são uma família antiga de Devonshire. O coronel Blake esteve aqui com Flavia e os dois se apaixonaram no torneio anual de tênis organizado pelo Clube Britânico. Nós achamos que é uma combinação muito adequada, não é, Galahad?"

Galahad disse algo que não ouvi e Georgina se aproximou me dando uma piscadela prodigiosa.

"Pobre criatura", gritou Muriel para as costas de Georgina. "Ela parece um bocado louca. Alguém deveria dar a ela roupas apropriadas."

Georgina virou a cabeça e olhou de soslaio, então eu sabia que ela tinha ouvido o comentário de Muriel. Senti vergonha por ter uma nora tão insensível. Além disso, sentir pena de Georgina era algo inusitado, todas nós admirávamos suas roupas elegantes e um tanto extravagantes.

"Então, meu bebê, o Robert, agora é um homem adulto e está se casando", Muriel continuou com a mesma voz estridente. "Vai ser em junho. Não é uma novidade emocionante?"

"Nada sobre Robert me interessa", respondi. "Como estão os gatos? A galinha vermelha? E Rosina e os filhos?"

"A velha sra. Velasquez se encarregou dos gatos e Rosina levou a galinha vermelha de volta para seu pueblo. Tivemos que nos livrar de Rosina, ela se tornou muito impertinente. A casa foi repintada. Ideia do Robert. Ele queria convidar a noiva para uma casa confortável e agradável. Você nem reconheceria agora. A sala está em um tom rosa-escuro, e a cozinha azul-marinho. Eles agora vendem uma nova tinta plástica que é lavável. Galahad comprou algumas palmeiras para colocar na entrada e eu as replantei em vasos pintados de vermelho, que peguei a preço de banana no Bazar da Episcopal Americana."

Carmella tinha levado os gatos, Deus a abençoe, que alívio. Fiquei menos feliz pela galinha vermelha. As galinhas dos pueblos são muito magras, e isso quando sobrevivem. Muriel continuou me contando as novidades o mais alto que podia. Durante nossos quinze anos de coabitação, ela não tinha falado tanto comigo.

"O coronel Blake está hospedado conosco para o casamento de Robert e Flavia. Na Inglaterra, ele é um grande esportista e perderá a temporada de caça. Mas ele está indo bastante ao campo de golfe e jogando canastra à noite, então parece estar se divertindo.

"Robert e Flavia estão fazendo teatro amador com a Companhia Luz da Ribalta. Uma peça de Noël Coward que deve fazer muito sucesso. Flavia tem o segundo papel mais importante."

A ideia de Robert atuar numa peça me deu náuseas, então não disse nada.

"A sra. Birch", continuou Muriel, "ficou tão chateada quando Flavia conseguiu o papel que fez uma cena. Essa mulher não tem mesmo vergonha, na idade dela. Atuando! Ela deve ter no mínimo sessenta anos."

O sol tinha começado a afundar quando eles finalmente partiram. Senti pena de Galahad, mas a época em que eu poderia tê-lo ajudado já estava muito distante.

A carta de Carmella farfalhou no meu bolso e corri para lê-la em paz. Foi mesmo maravilhoso poder olhar mais uma vez para sua caligrafia delicada, com tinta de cor violeta.

Querida Marian [ela escreveu], Eu nem sei se você vai conseguir ler essa carta, ainda que ela chegue às suas mãos. Não dá para confiar que aquela Muriel horrível a entregará a salvo, e mesmo que ela o faça talvez você esteja sofrendo demais para ler cartas.

Tive alguns pesadelos horríveis com você naquele edifício de cimento assustador. A arquitetura de estilo moderno é sempre tão deprimente. Os pátios de exercícios austeros repletos de cães ameaçadores, aquelas policiais de queixo marcado fazendo todas andarem em seus uniformes cinza. Eles te obrigam a costurar sacos? Sempre achei uma ocupação tão inútil. Na terça-feira à noite, sonhei que você escapava numa camisa de força e percorria quilômetros aos pulos. Se puder, contrabandeie um recado para mim. Eu ficaria muito aliviada, pois não tenho certeza se eles não estão dando soro da verdade o tempo todo para você.

Os dois gatos estão bem e felizes. Não cheguei a tempo de salvar a galinha vermelha. Infelizmente, é quase certo que ela vai virar comida em breve. Os gatos acharam um pouco estranho no começo, mas logo se acalmaram. Todos os gatos são sensitivos, como você sabe, e logo perceberam minha simpatia por eles.

Além dos pesadelos com você, tenho sonhos recorrentes com uma freira numa torre. Ela tem um rosto muito interessante, ligeiramente deformado por uma piscadela perpétua. Não consigo saber quem ela é. Uma das minhas correspondentes, talvez?

Estou me organizando para lhe fazer uma visita, mas se tivermos que conversar através das grades sob o olhar de uma policial não poderei levar bolo de chocolate e uma garrafa de vinho do Porto, como gostaria. Se possível, me conte a medida exata entre cada barra para eu poder calcular o que caberia entre elas. Cigarros são sempre um conforto, e até o espaço mais estreito seria amplo o suficiente para passá-los. Devo levar maconha para aliviar seu sofrimento? Dizem que os árabes vendem essa erva atrás do mercado de San Fandila. Para comprá-la, eu teria que ir armada, pois é uma região muito perigosa e complicada da cidade. Claro, eu faria qualquer coisa para diminuir seu sofrimento, mas seria muito difícil conseguir qualquer quantidade de maconha, então, por favor, seja específica na sua carta se você realmente precisa.

Planejar minhas visitas tem me ocupado muito, pois arranjei disfarces diferentes para cada uma delas, para que não suspeitem caso eu precise ajudá-la a escapar. Elisa, a nova funcionária, me contou que o avô tem uma fantasia antiga de charro que o falecido patrão deixou para ele, e estaria disposto a alugá-la por uma pequena quantia. Esperava chegar vestida como um general húngaro, mas é um uniforme raro por aqui. Um traje de toureiro também seria ótimo, mas acho que pode sair muito caro. De qualquer forma, melhor não dar muita bandeira, pois poderia levantar suspeitas. Um bigodão falso e óculos escuros costumam bastar para mudar consideravelmente a aparência de alguém.

Claro que seria muito mais conveniente se pudéssemos nos comunicar por meio de passagens subterrâneas. Com esse objetivo, fiz alguns planos baseados na engenharia dos cupins, porque imagino que não conseguiríamos máquinas. Anexo os planos nesta carta, por favor tome cuidado para que não caiam nas mãos das autoridades. As consequências podem ser desastrosas para nós duas. A Lavagem Cerebral, dizem, é o método mais recente de tortura, enfiar parafusos na cabeça saiu de moda faz tempo. Caso você não tenha ouvido falar de Lavagem Cerebral, é uma forma de Tortura Mental provocada pela constante ansiedade infligida por outros. Isso enlouquece a pessoa rapidinho, então tome cuidado para não se impressionar se disserem que você deve enfrentar o pelotão de fuzilamento. Recuse injeções, mesmo que digam que são vitaminas, pode ser Soro da Verdade. Essa é a parte da Lavagem Cerebral que faz você jurar que fez um monte de coisas que jamais pensou em fazer.

Continuo sonhando que estou morta e tenho que enterrar meu próprio cadáver. É muito desagradável, pois o cadáver começa a se deteriorar e não sei onde colocá-lo. Ontem à noite foi o mesmo sonho, a freira piscando, e depois o árduo dever de enterrar meu próprio corpo. Eu tinha decidido mandar embalsamá-lo e enviá-lo para minha casa, pagando à vista na entrega. Mas assim que a agência funerária chegou, fiquei tão alarmada por ter que encarar meu cadáver que o mandei de volta sem pagar. Que alívio é não termos que enfrentar a preocupação e os problemas dos nossos próprios enterros.

Estude com cuidado os planos anexados e responda pelo correio. Incluo duas pesetas que você pode usar como suborno para alguém contrabandear a carta para fora da Instituição. Eu também precisaria do mapa de todo o lugar, que você pode fazer às escondidas. É só desenhar como se estivesse pairando acima do lugar num helicóptero, não como uma aquarela comum. Não seria maravilhoso se eu ganhasse um helicóptero numa competição de palavras cruzadas? Não há muita esperança, uma pena, já que eles nunca dão prêmios tão úteis.

Não perca inteiramente as esperanças, apesar do horror de sua situação. Estou mobilizando todas as minhas capacidades mentais para obter sua liberdade incondicional.

Sempre carinhosamente, Carmella

Depois de ler a carta de Carmella muitas vezes, fiquei mergulhada em meus pensamentos. A freira piscando não poderia ser outra senão Doña Rosalinda Alvarez Cruz della Cueva. Que misterioso que Carmella a tenha visto telepaticamente. Como ela ficaria animada quando lhe contasse da pintura e de como a madre superiora ocupava meus pensamentos.

Os planos de Carmella para a passagem subterrânea entre a Instituição e sua casa pareciam muito difíceis de realizar. Quem faria a escavação? Onde encontraríamos dinamite para abrir nosso caminho através das rochas subterrâneas? Com picaretas, levaríamos uma eternidade para cavar ao menos dez quilômetros no subsolo.

Mesmo assim, decidi fazer um mapa minucioso da Instituição e enviá-lo para Carmella o mais rápido possível. Eu não tinha ouvido falar de ninguém tendo qualquer dificuldade em enviar correspondência e muitas mulheres recebiam cartas sem censura, então não seria necessário contrabandear como Carmella sugeriu. Isso facilitava tudo. Que gentil de Carmella se encarregar dos meus queridos gatos às suas próprias custas. Como eu queria vê-la novamente e chupar pastilhas de violeta na varanda com ela.

Era domingo, então o jantar foi bem mais informal que de costume. Rosbife frio e salada de batata foram deixados em cima da mesa e não servidos a cada uma. Pudins, frutas e pãezinhos acompanharam o café no salão. Fizemos um revezamento para a limpeza, já que as funcionárias estavam de folga naquele dia. Permitiram que tivéssemos uma hora de recreação silenciosa após a refeição. Algumas conversavam, tricotavam ou se dedicavam a jogos simples. A marquesa Claude la Checherelle e Maude sempre jogavam Escadas e Serpentes depois do jantar. Era um ritual ao qual eu gostava de assistir. A marquesa sempre se movia pelo tabuleiro com estratégia militar, contando relatos de batalhas lúgubres que ela havia travado e vencido por toda a Europa e pela África. Maude, que era tímida, quase nunca ousava interromper essas histórias repetitivas da guerra.

"A lama estava até o pescoço", dizia a marquesa, jogando os dados no tabuleiro. "Acima dos nossos quepes, eu e o capitão sentíamos as balas que passavam zunindo enquanto espiávamos por cima das trincheiras. Os alemães avançavam impiedosos com sua artilharia pesada. Os tanques chacoalhavam com suas metralhadoras feito robôs vingadores. A situação era desesperadora. Estávamos mortos de cansaço, mas o dever nos mantinha cambaleantes em nossos postos. 'A única esperança é um ataque direto, *mon capitaine*, estamos sob fogo em ambos os flancos.' A mandíbula forte do capitão se contraiu a olhos vistos: 'Seria um assassinato a sangue-frio para as tropas', ele respondeu com seu rosto enlameado, os olhos azuis afiados. Agarrei seu braço e apontei para o mar atrás de nós, 'Para onde devemos recuar?', eu disse, minha voz rouca de emoção. 'Não preferimos morrer lutando a ser esmagados na lama pelos tanques?' 'Como sempre, devo me curvar ao seu conselho', disse o capitão, '*en avant!*'

"E foi assim que a batalha de Ypres acabou a nosso favor", continuou a marquesa com modéstia. "A maioria de nós foi exterminada, alguns se afogaram tentando atravessar o canal até Dover. Nosso pequeno batalhão forçou os tanques alemães a recuarem após vinte e quatro horas de fogo incessante."

Nesse momento, Maude tirou um seis e seu peão subiu uma escada, chegando quase à vitória. A marquesa praguejou baixinho e tirou um dois que não a levou a lugar nenhum. "Eu nunca tenho sorte aos domingos", reclamou. "Nasci numa terça-feira, se é que é possível considerar isso sorte. Mas não reclamo, pois minha vida tem sido cheia de aventuras e prazeres. Por exemplo, lembro como escapamos dos franco-atiradores alemães no norte da África. Foi uma marcha forçada por uma região montanhosa desértica. Eu era a segunda no comando do nosso batalhão. Estávamos escoltando duas ambulâncias da Cruz Vermelha até o deserto…"

"Receio ter vencido", disse Maude, tímida. "Pura sorte, é claro. Este jogo não requer nenhuma habilidade verdadeira como o xadrez."

"Venceu mesmo", disse a marquesa, olhando para as Escadas e Serpentes. "Bem, acredito que o espírito esportivo é mais importante do que vencer sempre, então deixe-me parabenizá-la calorosamente. É claro que eu poderia ter vencido se não fosse domingo."

A sra. Gambit tocou uma pequena campainha. Todas nos levantamos para nos recolhermos aos nossos respectivos aposentos. Eu estava contente por morar num farol e não num cogumelo de cimento como a Marquesa, embora ela nunca se queixasse de subir a escada sempre que ia para a cama. Devia lembrá-la dos dias felizes em que ela entrava e saía de buracos feitos por bombas.

A lua estava quase cheia e iluminava nosso caminho pelo jardim. Voltei com Maude ao bangalô que ela dividia com a sra. Van Tocht.

"O luar sempre me faz pensar na Suíça", disse Maude com tristeza. "Quando menina, eu ia a Mürren para os esportes de inverno. Nunca fui muito boa no esqui, embora patinasse um pouco. Não patinação artística nem nada extravagante, apenas uma diversão comum."

"Sim, é verdade", respondi. "Não há nada que eu ame mais do que a neve iluminada pelo luar. Há anos quero ir para a Lapônia só para poder andar de trenó puxado por aqueles cães de pelo branco e admirar a neve. Mais ao norte, eles usam renas, que também dão leite. Suponho que também façam queijo, embora possa ter um gosto de cabra que nunca me apeteceu."

"Não devemos nos permitir ser vítimas de devaneios", disse Maude. "O dr. Gambit diz que sonhar acordado consome mais energia do que andar de bicicleta. Tenho certeza de que ele tem razão, embora eu não seja inteligente o bastante para entender tudo o que nos diz. Ainda assim, na nossa idade é difícil não ceder um pouco aos pequenos prazeres. Embora eu saiba que você vai me achar boba, às vezes me pego imaginando que estou passeando por uma floresta sussurrante de bétulas em algum lugar ao norte. É início da primavera e as últimas geadas fazem a grama estalar sob os meus pés."

"É, eu entendo", eu disse fervorosamente. "Bétulas, bétulas prateadas que parecem muito mais vivas do que essas palmeiras desagradáveis."

"É tão vívido", continuou Maude, "que conta toda uma história. Você se importaria de ouvir?"

"Gostaria muito de ouvir", respondi, esperando que não demorasse muito, pois queria começar a escrever a carta para Carmella antes que ficasse tarde. A sra. Gambit insistia que todas as luzes fossem apagadas às onze da noite.

"Bem", disse Maude, "estou vestida com calças de tweed, jaqueta de couro e sapatos de solas grossas; estou passeando sozinha, assobiando, ou melhor, cantarolando. Não consigo assobiar desde que perdi os dentes. A floresta de bétulas está cheia de riachos balbuciantes que atravesso pisando nas pedras lisas, por vezes bastante escorregadias, e preciso me equilibrar com uma robusta bengala de espinheiro que sempre carrego comigo. Esses riachos são tão claros e alegres. Parecem prometer todo tipo de diversão inocente! Um vento leve balança as folhas das bétulas, o ar está leve e fresco. Enquanto caminho, percebo que tenho um propósito e logo, com um arrepio de contentamento, entendo qual é. Devo encontrar uma taça mágica, escondida em algum lugar na floresta. Então me deparo com uma estátua de mármore da deusa Diana e seus cães. Ela está um pouco coberta de musgo, e caminha perpetuamente pela floresta. A taça está aos pés da estátua. É um cálice de prata transbordando de mel dourado. Bebo o mel e devolvo a taça a Diana com uma oração de agradecimento, ou melhor, não é bem assim. Eu tento sorver o mel, mas é muito grosso e preciso arranjar uma colher. Não há colheres, então, depois de lamber a borda do cálice, devolvo-o ainda quase cheio para a Deusa, e faço minha oração de agradecimento.

"A estátua de Diana não está muito atrás e encontro uma pequena chave de ferro meio escondida sob uma pedra. Sei que vou precisar dela, então guardo no meu bolso. E como esperado, de repente me vejo na frente de uma porta de madeira embutida numa parede coberta de musgo. Logo quando estou me perguntando se devo ou não abri-la e enfio a chave de ferro na fechadura, alguém se aproxima de mim e me empurra pela porta com violência. A porta se abre por conta própria e eu caio num estranho quarto luxuoso, mobiliado num estilo que parece renascentista. Mas sou tão ignorante sobre arte que poderia muito bem ser gótico ou mesmo barroco. A cama de dossel está ocupada por uma mulher que usa uma touca de dormir branca com babados. Ela pisca para mim e eu a reconheço como a freira da pintura da sala de jantar."

"Muito estranho mesmo", falei. "Essa pintura ocupa meus pensamentos desde que olhei para ela pela primeira vez. Quem é a freira?"

"Parece que ninguém sabe", respondeu Maude. "Ou melhor, fingem que não sabem, embora muitas vezes me pareça que Christabel Burns poderia contar muita coisa se quisesse. Mas ela é uma pessoa tão reservada e nunca fala com ninguém."

"Talvez ela se sinta diferente por ser negra", eu disse. "Pessoas negras têm diferentes tipos de lembranças. Muitas vezes quis falar com ela, mas ela sempre parece estar ocupada."

"Bem, acho melhor me apressar, é hora de ir para a cama", falou Maude. "Divido um bangalô com a sra. Van Tocht. Você sabe, a Vera. Ela não gosta que eu vá para a cama tarde, pois diz que consegue me ouvir tirando os sapatos através das paredes. Ela tem um sono muito leve. Gosto muito da Vera.

Ela é tão espiritual. Acho que eu nunca poderia alcançar seu plano superior."

"É, ela me disse que vocês fazem sessões espirituais nas noites de quarta-feira."

Maude pareceu um pouco surpresa. "Ela disse?", perguntou. "Isso significa que ela deve pensar que você tem potencial de Iniciação. Espero que se junte a nós na próxima quarta."

"Obrigada", respondi. "Eu ficaria muito feliz." Pensei que talvez servissem bebidas leves, possivelmente licores. Alguém me disse que a sra. Van Tocht tinha recursos próprios. Algo devia tê-la feito continuar gorda.

"E quanto a Natacha Gonzalez?", perguntei. "Dizem que ela tem poderes sobrenaturais." Houve uma ligeira hesitação antes de Maude responder: "É, ela também é uma pessoa muito espiritual. Tem visões. Boa noite, preciso mesmo ir antes que Vera vá para a cama".

Maude me deixou ali imaginando por que tinha parecido tão assustada quando mencionei Natacha Gonzalez. A lua flutuava alto no céu. Comecei a escrever minha carta para Carmella. Era mesmo uma pena que ela não estivesse ali para desfrutar de tantos mistérios. Pensei em sugerir que viesse passar um fim de semana, contanto que eu obtivesse a permissão da sra. Gambit. Carmella criaria algumas teorias muito interessantes a respeito de todas essas pessoas. Antes de me recolher para o Farol, fiquei um pouco do lado de fora admirando a lua e as estrelas e ouvindo as criaturas noturnas com a ajuda da minha corneta. Anna Wertz falava sozinha ao longe, um grilo cricrilava e um rouxinol cantava ali perto. Agora onde, eu me perguntava, eu havia deixado minha caneta e o tinteiro? O papel, eu sabia, estava no armário lá em cima.

Quando escrevi para Carmella todas as notícias que pude lembrar, fui para a cama, deixando o restante para o dia seguinte. A lua brilhava pela minha janela e eu não conseguia dormir, mas fiquei meio sonhando e meio acordada, um estado bastante familiar para mim a essa altura. Memórias de um passado distante surgiram como bolhas na minha mente e coisas que eu pensava ter esquecido havia muito tempo voltaram tão claras como se tivessem acabado de acontecer.

Os Jardins de Luxemburgo e o cheiro das castanheiras, Paris. St.-Germain-des-Prés, tomando café da manhã no terraço de um café com Simon, que tinha o rosto tão claro e sólido como se ainda estivesse cheio de vida, mas Simon deve estar morto há trinta anos, que eu saiba não resta mais nada dele aqui. Simon falando como as Noites Árabes, Amor e Magia. Então sonhei que estava preparando o almoço com Simon numa casa de verão no meio de um grande jardim. Havia algo importante que eu tinha que perguntar a ele e toquei seu peito. "Mas você é tão sólido quanto eu", falei. "Ó Simon, por que você morreu antes de me dizer do que se trata tudo isso? Simon, como é estar morto?" Isso era o que eu tinha que perguntar e me senti envergonhada. Ele pareceu intrigado por um instante e então respondeu:

"Você acha o tempo todo que vai acabar, mas nunca acaba." Ele tinha olhos lindos como os de um gato siamês. Simon perdido em intermináveis jardins na penumbra, nunca conseguindo se libertar, e ele sabia tanta coisa. Simon. Talvez eu ainda estivesse em Paris, ah que alegria se pudesse caminhar pelas margens do rio e admirar os livros, ou olhar para o Sena da Pont Neuf. Subiria a Rue St. André des Arts e iria até o mercado, compraria vinho tinto e brie para o almoço, seria suficiente para minhas necessidades frugais. Pierre, Rue des Beaux-Arts. O brilhante Pierre com todas as suas teorias maravilhosas encontrando um fim tão triste. Ele morreu afogado na banheira, assassinado, dizem, por um pintor de naturezas-mortas. Pierre havia ficado furioso porque reconheceu uma cenoura numa das pinturas do assassino, Jean Prissard. O artista indignado entrou no apartamento de Pierre e, encontrando-o na banheira, segurou-o embaixo d'água até que ele se fosse. Pobre Pierre, não lembro se o assassino foi condenado à guilhotina. Pierre, que era tão maravilhosamente inteligente e sensível a respeito de pintura que, se uma tela tivesse qualquer coisa além de uma cor pintada na mesma cor, ele quase desmaiaria de horror. A forma, dizia ele, era ultrapassada e vulgar. Portanto, a cenoura, que pode não ter sido uma cenoura coisa alguma, foi o que o enviou rumo a uma morte prematura.

Na segunda ou na terça, não me lembro qual, eu estava sentada perto do laguinho das abelhas tentando aprender sozinha a fazer crochê. A sra. Gambit disse que o ócio era a verdadeira causa da minha ganância terrível, então pensei em fazer um cachecol. Maude me deu um pouco de lã verde e uma aula de crochê. Não era tão simples quanto ela queria que eu acreditasse. Eu tinha parado para admirar as abelhas e invejá-las com um trabalho tão eficiente quando Natacha Gonzalez apareceu de repente. A cabeça dela estava enrolada em um lenço cor de malva como se estivesse com dor de dente.

"Estou totalmente exausta", disse, revirando os olhos como enormes ameixas giratórias. "Impossível conseguir dormir um pouco que seja há três dias."

"Talvez a sra. Gambit poderia dar um pouco de Sedebrol se você pedisse. Acho muito eficaz", respondi com gentileza. Natacha apertou a cabeça e gemeu. "Sedebrol! mas é claro que você não entende. Estou tonta de sono, só não ouso fechar os olhos por causa dos ratos."

Isso me deu um choque, sempre tive pavor de ratos e camundongos. "Que horror", eu disse, "há ratos no seu bangalô?"

"Ratos ENORMES", respondeu Natacha. "Eu diria que esses ratos são quase tão grandes quanto cães spaniels. Então é claro que não ouso dormir. Eles podem roer meu nariz."

"Que horrível", falei, nervosa. "A sra. Gambit deveria ter gatos por aqui. Ela poderia manter uma dúzia de gatos confortavelmente e eles são criaturas tão bonitas. Ratos e camundongos não suportam nem o cheiro de gatos."

"A sra. Gambit tem alergia a gatos", disse Natacha. "Eles lhe dão brotoejas."

"Que absurdo!", exclamei. "Não há nada tão limpo quanto um bichano saudável. Quando eu estava em casa, não dormiria sem meus gatos por nada no mundo."

"A sra. Gambit", disse Natacha enfaticamente, "não tocaria num gato nem mesmo para salvar a própria vida. Ela não teria um gato por perto. Não há outro remédio senão veneno de rato. Vou pedir a ela para comprar alguns pacotes do veneno Última Ceia. É o mais forte e eles morrem quase de uma vez."

"Se forem mesmo tão grandes quanto spaniels e morrerem embaixo das tábuas do piso, seu bangalô vai ficar fedorento rapidinho."

"Vou me sacrificar para me livrar de criaturas tão assustadoras", disse Natacha. "Além disso, é melhor lidar com o fedor deles do que ter meu nariz roído."

"Não que eu queira interromper", disse Georgina enfiando a cabeça pelo arbusto de jasmim, "mas não vejo um camundongo ou rato desde que cheguei aqui há dez anos."

"Víbora!", exclamou Natacha. "Aconselho você a não falar com Georgina Sykes. Ela é uma mulher perigosa, imoral e maligna!" Enquanto enrolava seu lenço malva firme em torno da mandíbula, ela apontou um dedo curto para o arbusto de jasmim. "Víbora!", ela xingou através do lenço. "Réptil venenosa!" E foi embora ainda blasfemando.

Georgina se aproximou e se sentou. "Sendo bem direta", disse, "Natacha Gonzalez é um porre. Eu tenho um apelido para ela. Eu a chamo de Santa Rasputina. Toda aquela história dos ratos era pura bobagem, ela estava mentindo. Rasputina venderia sua mãe para os comerciantes de escravos brancos para conseguir um pouco de atenção. Ela tem um complexo de poder, como Hitler. Inventa ratos do tamanho de spaniels assim como inventa conversas íntimas com santos da altura de postes de telégrafo. Tudo tem o mesmo propósito, poder e mais poder. É muito bom para a humanidade que ela esteja trancada em um lar para mulheres senis."

"Espero que você tenha razão sobre não ter ratos por aqui", respondi. "Sempre tive medo de ratos e camundongos, embora, acho, goste da maioria dos animais."

Georgina de repente olhou curiosa para o meu cachecol de crochê. "Falando em animais, isso é um colete para uma cobra de jardim que você está tricotando?" Dificilmente se poderia esperar que Georgina adivinhasse que era um cachecol. Ainda assim, era óbvio que eu estava fazendo crochê, não tricô.

"Não", respondi um pouco irritada. "Não é."

"Onde você conseguiu uma lã verde tão nauseante? Faz minha dentadura ranger."

"Às vezes você é muito crítica, Georgina. Maude Somers me deu essa linda lã verde de presente com muita gentileza, e acho que tem uma cor agradável de primavera, como as primeiras folhas das castanheiras."

"Espero que você não pretenda usar isso um dia", continuou Georgina, ignorando minha reprovação. "Você ficaria como Noé depois que se afogou no dilúvio. Verde não é a sua cor, você já é verde demais do jeito que é."

"Certamente você não espera que eu me pareça com uma debutante", falei. "Além disso, Noé não se afogou. Ele tinha uma Arca, sabe, cheia de animais."

"Todo mundo sabe que a Bíblia toda é imprecisa. É verdade que Noé saiu numa Arca, mas ficou bêbado e caiu no mar. A sra. Noé foi para a popa e ficou assistindo enquanto ele se afogava, não fez nada quanto a isso porque herdou todo aquele gado. As pessoas na Bíblia eram muito sórdidas e ter muito gado naqueles tempos era como ter uma boa conta bancária."

Georgina se levantou e jogou a ponta do cigarro no lago das abelhas, onde ele chiou de forma desagradável.

"Onde você está indo?", perguntei, já que sempre gostava das conversas de Georgina.

"Vou ler um romance para que você possa continuar tricotando sua meia bestial." Ela se afastou com uma elegância rangente, deixando atrás de si um leve perfume que me lembrou da Rue de la Paix.

Um cartão-postal chegou pelo correio da noite. Era uma foto colorida da Guarda Galesa e uma cabra marchando para o Palácio de Buckingham.

A senhora está em ótima forma. Assistimos às finais de croquet ontem. Partida muito emocionante. Estamos bem cansados. A senhora manda lembranças. Desejamos que este postal encontre você como nos deixa, em b. saúde.

Atenciosamente, B. Margrave

Margrave foi tão gentil de me manter informada sobre a saúde de mamãe. Se interessar por esportes aos cento e dez anos era algo verdadeiramente admirável, mas a vida de mamãe tinha sido muito mais fácil do que a minha. Desde que deixara a Irlanda, aos dezoito anos, mamãe levou uma vida de prazeres vertiginosos e constantes. Jogos de críquete, festas de tiro, bazares, compras na Regent Street, festas de bridge e massagem facial no Madame Pomeroy's, um salão de beleza fora de moda perto da Piccadilly Circus. O fato de mamãe nunca estar a par da moda fazia parte de seu charme. Sempre chegávamos cedo ou tarde demais para tudo. Chegamos em Biarritz, eu me lembro, numa tempestade de neve no mês de fevereiro. Mamãe tomou o clima como um insulto pessoal, ela acreditava que a Riviera estava no equador, a neve em Biarritz a convenceu de que os polos estavam mudando de lugar e a Terra estava saindo de órbita. Éramos as únicas hóspedes num hotel tão grande quanto a Estação Victoria. "Não me admira que as pessoas nunca venham a Biarritz", disse minha mãe. "Está vazio. Vamos a Torquay no ano que vem, é muito mais barato e o clima é bem mais ameno."

Seguimos para Monte Carlo, onde mamãe encontrou seu lar espiritual no cassino. Ela se esqueceu do clima. Tive um flerte com o balconista de uma agência de viagens. Ele nos vendeu passagens para Taormina e lá fomos nós para a Sicília. Mais romance em Taormina, dessa vez com um maître chamado Dante. Ele nos vendeu um quadro muito barato de Fra Angelico que acabou por não ser autêntico e, portanto, não tão barato quanto pensávamos. Mas o tempo agora estava lindo e as buganvílias em plena floração.

Voltamos a Roma e admiramos os oficiais italianos com chapéus que pareciam baldes de carvão e lindos mantos azuis.

Fomos até as catacumbas numa carruagem. Caminhamos ao redor de São Pedro e admiramos a cúpula de Michelangelo. Mamãe agora estava saciada de arte e decidiu que devíamos ir a Paris fazer compras. "As roupas parisienses", disse, "são famosas em todo o mundo." Então chegamos em Paris e fomos à Au Printemps. Mamãe ficou desapontada, ela queria comprar calcinhas de cetim marrom, mas não encontramos em lugar nenhum. "Era melhor ter ficado em Londres", disse mamãe, que comprou um quepe de marinheiro que não combinava muito com ela. "Eu encontraria todas as mesmas coisas na Regent Street pela metade do preço."

Fomos ao Folies Bergère porque mamãe achava que eu já tinha idade o bastante para ver Mistinguett. "Todas essas mulheres nuas me entendiam, os gregos já fizeram isso tanto tempo atrás", disse mamãe, que ainda estava irritada com a calcinha de cetim marrom. Na noite seguinte, fomos ao Bal Tabarin, do qual ambas gostamos. Dancei com um armênio muito simpático que me telefonou no dia seguinte no hotel. Mamãe comprou passagens de volta e partimos de Paris antes que o armênio tivesse a chance de nos vender qualquer coisa.

De volta a Lancashire, tive um ataque de claustrofobia e tentei convencê-la a me deixar ir estudar pintura em Londres. Ela achou isso uma ideia demasiado ociosa e boba e me deu um sermão sobre artistas. "Não há nada de errado em pintar", ela me disse. "Eu mesma pinto caixas para bazares. Mas há uma diferença, porém, entre fazer algo artístico e ser uma artista de verdade. Sua tia Edgeworth escreveu romances e era muito próxima de Sir Walter Scott, mas ela nunca teria se chamado de 'uma artista'. Não teria sido bom. Artistas são imorais, moram juntos em sótãos, você nunca se acostumaria com um sótão depois de todo o luxo e conforto que tem aqui. Além do mais, o que impede você de pintar em casa, temos todo tipo de recantos pitorescos que seriam deliciosos de pintar."

"Eu quero pintar modelos nus", falei. "Não dá para conseguir modelos nus aqui."

"Por que não?", respondeu ela, com um lampejo de lógica. "As pessoas estão nuas em qualquer lugar se não estiverem vestidas." Enfim, fui para Londres estudar arte e vivi uma história de amor com um egípcio. Uma pena nunca ter ido ao Egito, mas graças à minha mãe conheci a maior parte da Europa durante a minha juventude.

A arte em Londres não me parecia moderna o bastante e comecei a flertar com a ideia de estudar em Paris, onde os surrealistas estavam no auge. Hoje em dia, o surrealismo não é mais considerado moderno e em quase todas as casas paroquiais e escolas para meninas se veem quadros surrealistas pendurados nas paredes. Até o Palácio de Buckingham tem uma grande reprodução da famosa fatia de presunto de Magritte com um olho à espreita. Está, creio, na sala do trono. Os tempos mudam mesmo. Recentemente, a Academia Real Inglesa fez uma exposição retrospectiva do dadaísmo e eles decoraram a galeria como um banheiro público. Quando eu era jovem, as pessoas em Londres teriam ficado chocadas. Hoje em dia, o Lorde-Mayor inaugura a exposição com um longo discurso sobre os mestres do século xx e a Rainha pendura uma coroa de palma-de-santa-rita numa peça de escultura chamada *Umbigo*, de Hans Arp.

Como minha mente corre solta, ou melhor, para trás, nunca serei capaz de continuar com minha narrativa se não conseguir controlar essas memórias, tenho muitas delas. Bem, como eu disse, não consigo lembrar o dia da semana em que os acontecimentos a seguir de fato aconteceram. Pode ter sido na segunda ou na terça-feira. Quarta, quinta ou sexta-feira também não são impossíveis. Não acho que tenha sido num domingo. Mas tudo começou quando recebi o cartão-postal de Margrave.

Estava olhando pela janela da cozinha distraída, pensando se havia alguém por perto e com esperança de arranjar um lanche.

Infelizmente, a sra. Gambit estava sentada na cozinha descascando ervilhas. Algo, no entanto, me pareceu mais intrigante. Ela estava sentada com um grande gato amarelo nos joelhos, o qual acariciava com ternura. Qualquer pessoa com um horror inato a gatos não deixaria que sentassem em seu colo, muito menos os trataria com carinho. Tudo que Natacha tinha falado a respeito de ratos e da sra. Gambit me veio à mente. Muito curiosa, entrei e me ofereci para ajudar a descascar as ervilhas.

"Sente-se", disse a sra. Gambit. "Fico contente de ver que você está lutando contra a ociosidade."

"Que lindo gato", falei para a sra. Gambit. "Muitas pessoas não gostam de gatos, embora eu goste mais deles do que de quase qualquer outro animal de estimação."

"Eu amo gatos", respondeu a sra. Gambit. "O querido Tom sempre dorme nos pés da minha cama como se quisesse curar minhas dores de cabeça. Ele passa a maior parte do tempo no meu quarto, porque os gatos muitas vezes se afastam se tiverem muita liberdade."

"Deve ser por isso que não o vi antes", eu disse. "Me deixe segurar ele um pouco, faz tanto tempo que não faço carinho num gato."

A sra. Gambit pensou, sem dúvida, que eu estava ficando íntima demais, então mudou de assunto. "Temos aulas de culinária uma vez por semana", disse, "as pessoas podem praticar o autocontrole fazendo doces para todas as outras sem provar nada de sua própria comida."

Para mim, isso parecia obviamente sádico, mas é claro que não ousei compartilhar com a sra. Gambit a minha opinião sincera. Apenas perguntei se usávamos receitas ou fazíamos, por assim dizer, cozinha criativa.

"As pessoas têm liberdade de cozinhar o que quiserem. É claro que os ingredientes contam como extras, portanto, em consideração às suas famílias, não fazemos nada extravagante. Algumas usam livros de culinária, embora eu mesma prefira fazer as coisas de memória, isso evita que a mente enferruje. Todo Esforço é útil no Trabalho."

"Eu costumava fazer alguns pratos muito saborosos, cozinha francesa, sabe, embora confeitaria nunca tenha sido o meu forte."

"Orgulho na cozinha não é melhor do que orgulho na sala de estar", repreendeu a sra. Gambit. "Além disso, sua família não demonstrou nenhum desejo de pagar extras. Nosso orçamento já é muito alto para permitir comidas caras apenas para exibir suas habilidades."

Aqui a sra. Gambit me lançou seu sorriso agonizante e percebi que fui dispensada.

Saí da cozinha frustrada, sem poder acariciar o gato.

As aulas de culinária começaram logo depois desse incidente e foi assim que, uma tarde, Natacha fez doces de chocolate. Já estavam frios quando o Destino achou por bem enviar uma visita à sra. Gambit. Ela correu para a sala deixando Natacha e a sra. Van Tocht sozinhas na cozinha. Na verdade, eu não estava participando da aula, era apenas uma espectadora interessada do outro lado da conveniente janela da cozinha.

Natacha disse algo para a sra. Van Tocht, que foi até a porta e olhou para fora. Elas não podiam me ver, pois um arbusto de fúcsia me escondia se olhassem da porta. Ela se juntou a Natacha na mesa e assentiu. Natacha tirou uma lixa de unha do bolso e fez furos em cerca de meia dúzia de doces, depois abriu um pacotinho e esvaziou o conteúdo em cada um. Então as duas senhoras aqueceram os outros pedaços numa panela e despejaram uma cobertura sobre os buracos como se nunca tivessem existido. Todo o processo não demorou tanto e elas pareciam estar com pressa. Natacha embrulhou o doce recheado com o conteúdo do pacotinho num pedaço de papel-manteiga e saiu correndo da cozinha dizendo algo para a sra. Van Tocht, que assentiu outra vez e deu um sorriso tenso.

Eu me agachei perto da parede para que ela não me visse enquanto passava apressada. Um segundo depois, Maude saiu de trás da madressilva à minha frente e foi em busca de Natacha. Mas Maude não poderia ter testemunhado essa cena estranha na cozinha, então imaginei que suas razões para se esconder ali eram as mesmas que as minhas. Deixei Maude e Natacha seguirem seus caminhos e então peguei um atalho que me levou para trás do iglu de Natacha, onde uma grade baixa oferecia uma boa visão do interior. Natacha entrou no iglu, pôs o doce na gaveta de cima de uma cômoda e a cobriu com o que parecia ser uma roupa íntima. Ela estava de costas para a porta e assim não pôde ver Maude, que enfiou a cabeça para dentro e assistiu a todo o procedimento, então desapareceu antes que Natacha tivesse tempo de se virar. Consegui seguir Natacha de volta à cozinha sem ser vista passando pelo caminho do laguinho das abelhas. Como estava munida da corneta auditiva, pude ouvir a seguinte conversa perto do arbusto de fúcsia: "Bem! Olá, Georgina, estou tão feliz de ter a chance de trocar uma palavra com você a sós", veio a voz de Natacha. "Não devemos continuar esnobando uma à outra como duas garotas bobas." Georgina grunhiu e murmurou algo que eu não consegui escutar. Natacha respondeu com uma espécie de risadinha: "Consegui escapar e escondi alguns doces no meu bangalô", disse ela a Georgina. "Pensei em convidá-la para um pequeno banquete para que possamos nos abraçar e esquecer as nossas diferenças."

"Tudo bem", falou Georgina. "Contanto que não tenhamos que nos abraçar. O que você tem pode ser contagioso."

"Ha ha ha!", Natacha riu alegre. "Você tem um autêntico senso de humor inglês, Georgina." Tudo aquilo era muito surpreendente. Apertei minha corneta para não perder nada.

"Desculpe, não posso retribuir o elogio", disse Georgina. "Você vê muitos Santos."

"Talvez eu leve meus dons muito a sério. Nunca se sabe quando podem ser perdidos. Você, Georgina, pode ser a próxima a ouvir Vozes Sagradas."

"Deus me livre", disse Georgina fervorosamente.

"Bem, eu preciso mesmo voltar antes que a sra. Gambit note minha ausência", falou Natacha. "Hoje à noite vou entrar em seu bangalô alegre e levar algo bom para comer. *A toute à l'heure*, Georgina!" Elas se separaram. Ouvi Natacha dar uma risada feliz enquanto Georgina, andando na outra direção, parecia estar proferindo algum tipo de palavrão.

Voltei para o Farol muito pensativa, desejando que Carmella estivesse lá para que pudéssemos falar de todos esses acontecimentos estranhos. Passei perto do iglu de Natacha bem a tempo de ver uma figura escapar pela porta e desaparecer no jardim. A delicada blusa de musselina azul de Maude era inconfundível. Ela obviamente tinha ido até o doce escondido.

Embora eu não me sentisse feliz com tudo que estava acontecendo, não posso dizer que estava muito alarmada. Minha mente trabalha muito devagar para tirar conclusões precipitadas e quando enfim entendi tudo já era tarde demais. Nesse meio-tempo, um encontro com Christabel Burns me distraiu, então acho que não sou totalmente culpada por esquecer de avisar a pobre Maude a tempo.

Agora, se Christabel Burns não fosse Negra, talvez eu nunca tivesse notado sua atividade constante e silenciosa. Uma Mulher Negra, porém, era tão diferente entre nós que era impossível não achá-la romântica. Tentamos fazê-la participar de conversas, mas ela estava sempre muito ocupada, carregando bandejas cobertas de lá para cá no sentido da torre ou, às vezes, toalhas de banho e roupas de cama. Esses trajetos constantes de ida e volta me fizeram comparar Christabel a uma solitária formiga apressada, sobretudo porque ela tinha glúteos avantajados e braços e pernas muito finos. Nessa ocasião em especial, porém, Christabel não estava carregando nada, na verdade estava sentada num banco perto do Farol, as mãos cruzadas no colo com distinção.

"Boa noite, sra. Leatherby", ela disse com seu elegante sotaque de Oxford. Ela era da Jamaica e seu pai tinha sido um químico eminente, eu soube mais tarde.

"Boa noite, sra. Burns. Que bom ver você descansar um pouco para variar."

"Eu estava esperando por você, sra. Leatherby", disse ela. "Chegou a hora de termos uma pequena conversa."

"Encantada, sra. Burns", respondi me sentando ao lado dela. "Sempre quis falar com você, mas você parece tão ocupada."

"Ainda não era o momento", falou Christabel. "Era necessário que você primeiro estivesse familiarizada com os arredores. Você está feliz aqui, sra. Leatherby?" Era uma pergunta difícil de responder, pois eu havia parado de pensar em termos de felicidade fazia tempos. Eu disse isso a ela.

"Você está mesmo muito enganada", ela falou. "Felicidade não tem nada a ver com os anos. Depende da habilidade. Tenho exatamente o dobro da sua idade e posso dizer que estou bem feliz." Eu somei noventa e dois com noventa e dois; Christabel alegava ter cento e oitenta e quatro anos. Isso parecia improvável, mas não gostava de contradizê-la.

"Então veja você", ela continuou, "a felicidade não é reservada para os jovens. Não há ninguém que possa fazer você feliz, você deve cuidar desse assunto sozinha.

"No entanto, sra. Leatherby, não pretendo ter uma conversa abstrata. Vou direto ao ponto. Por que você está interessada de forma tão excepcional na pintura a óleo do refeitório?" Fiquei tão surpresa com a pergunta que levei algum tempo para pôr minha mente em ordem e resmunguei um bocado. Christabel esperou pacientemente. Enfim, eu disse: "Como a pintura está pendurada bem na minha frente no refeitório, e como as porções de comida permitidas pela sra. Gambit são tão pequenas que logo acabo de comer, tenho bastante tempo para contemplá-la".

"Isso não explica nada", disse Christabel, "porque sentada bem na sua frente e muito mais próxima e maior do que a pintura está a sra. Van Tocht. Por que você não contempla ela?"

"Prefiro olhar para a pintura. E seria rude se eu ficasse encarando a sra. Van Tocht durante as refeições. Além disso, estou muito interessada na freira representada na pintura, você se oporia a isso?"

"Claro que não, sra. Leatherby. Me desculpe pelas perguntas abruptas, não tenho a menor intenção de ser agressiva."

"Bem, já que você perguntou", falei, "acho que a Freira Piscando tem uma expressão muito peculiar e indescritível. Isso faz com que eu me pergunte quem ela era, de onde ela veio, por que ela pisca perpetuamente e assim por diante. Na verdade, penso nela com tanta frequência que acabou se tornando uma velha amiga, uma amiga imaginária, é claro."

"Então você sente que ela é sua amiga? Sente que ela é simpática?"

"Sim, posso dizer quase com certeza que ela me parece amigável, embora é claro que não se poderia esperar muito sentimentalismo em uma relação como essa." Enquanto eu falava, Christabel me observava com atenção, cheia de expectativa.

"Dar um nome a ela é uma evocação", falou. "Você deve ter cuidado com como a chama."

"Na verdade, eu a chamo de Doña Rosalinda Alvarez Cruz della Cueva. Ela parece tão espanhola, sabe."

"Esse era o nome dela durante o século XVIII", disse Christabel. "Mas ela tem muitos e muitos outros nomes. Ela também goza de diferentes nacionalidades. Mas não vamos discutir isso agora. O que eu vim mesmo fazer aqui é trazer um livrinho. Sei que você não gosta de ler. Isso vai ser diferente."

O livro estava encadernado em couro preto. Na página de rosto, li: "Doña Rosalinda della Cueva, Abadessa do Convento de Santa Barbara de Tartarus. Canonizada em Roma, 1756. Uma verdadeira e fiel representação da vida de Rosalinda Alvarez".

"Isso é extraordinário", eu disse a Christabel. "De verdade, como eu poderia saber o nome dela se tenho certeza de que nunca o ouvi antes?"

"Sem dúvida você deve ter lido em algum lugar. Esta escrito novecentas e vinte vezes em todo o edifício, seria extraordinário se você tivesse deixado de lê-lo."

A primeira página do livrinho estava decorada com um desenho de folhas de romã e espadas. O papel estava amarelado pelo tempo. O tipo grande e antiquado era fácil o bastante para que eu pudesse ler.

"Devo ir agora", disse Christabel, levantando-se. "Tenho deveres a cumprir antes que Vênus se ponha. Voltaremos a conversar quando você tiver lido este pequeno volume. Por favor, não mencione o fato de que o livro está em suas mãos. As consequências podem ser muito estranhas, de uma forma que não posso esclarecer agora."

Vênus já brilhava sobre a torre quando fiquei sozinha. Era noite, toda a conversa com Christabel Burns tinha sido revigorante de modo inexplicável. Quando estava prestes a entrar no Farol e começar a ler sobre Doña Rosalinda, uma figura sombria me chamou a atenção. Embora eu não pudesse ter certeza, pensei ter visto um jovem com o que parecia ser um grande pacote nas costas, deslizando silenciosa e rapidamente de árvore em árvore.

Ele parecia estar tomando cuidado para evitar ser descoberto. Um ladrão, talvez? um amante de uma das funcionárias? Isso parecia mais provável, então não me preocupei em alarmar as pessoas. A vida amorosa das funcionárias não era da minha conta. Se fosse um ladrão, nenhuma de nós teria muito a perder. Entrei no Farol, sentei-me à mesa e abri o livro.

———

Uma representação verdadeira e fiel da vida de Rosalinda Alvarez della Cueva, Abadessa do Convento de Santa Barbara de Tartarus. Traduzido do original em latim pelo Frei Jeremias Nacob da Ordem do Santo Caixão.

Uma Rosa é um segredo, uma linda Rosa é um Segredo de uma Grande Dama, uma Cruz é a separação ou a junção dos Caminhos, este é o significado do nome da Abadessa Rosalinda Alvarez Cruz della Cueva. A canonização da Abadessa foi realizada após certos acontecimentos extraordinários testemunhados por dignitários confiáveis da Igreja antes e depois de sua morte no ano de Nosso Senhor Jesus Cristo de 1733, no mês de julho. Foi sepultada na cripta do Convento de Santa Barbara de Tartarus com as cerimônias e bênção de Nossa Mãe, a Santa Igreja Católica. *Ab eo, quod nigram caudam habet abstine, terrestrium enim deorum est.*

A canonização da Abadessa selou sua santidade com a autoridade de Roma; no entanto, seu túmulo tornou-se um santuário muito antes da canonização. Pessoas comuns faziam peregrinações vindas de longe com oferendas de frutas, flores e até gado. Tudo era aglomerado na cripta.

Com o coração cruelmente dividido, observei a simples devoção dos camponeses enquanto rezava longa e fervorosamente para que Deus me concedesse a coragem necessária para escrever toda a verdade sobre esta mulher maravilhosa e terrível.

Este documento foi a princípio escrito para a leitura privada do próprio Santo Padre, o Papa. No entanto, o resultado dessa apresentação superou meus pesadelos mais loucos e terríveis. A expulsão das Ordens Sagradas foi o resultado do meu zelo em cumprir a vontade de Deus, abrindo meu coração e, assim, liberando o pesado fardo interior. O selo sagrado do confessionário, portanto, não impede mais a impressão deste documento; deixei de ser padre.

Como o confessor privado da Abadessa, acredito deter um conhecimento incomparável dos caminhos de sua alma sombria.

Outras digressões em meu próprio interesse serão desnecessárias.

A terra natal de Doña Rosalinda Alvarez Cruz della Cueva é um tanto duvidosa. Não existe nenhuma prova definitiva de que ela nasceu em solo espanhol. Alguns afirmam que ela atravessou o oceano vinda do Egito, há quem diga que ela nasceu entre os ciganos da Andaluzia, outros dizem que ela cruzou os Pireneus vinda do norte. A primeira evidência de sua presença na Espanha é uma carta datada de 1710, escrita em Madri e destinada ao bispo de Trève les Frêles em Provence, perto da cidade de Avignon.

A carta diz respeito à abertura de um túmulo em Nínive, que teria sido o lugar do descanso final de Maria Madalena.

Doña Rosalinda se dirige informalmente ao Bispo, indicando uma amizade de certa pessoalidade. É provável que a carta em questão tenha sido escrita pouco depois de ela entrar nos claustros de Santa Barbara de Tartarus como noviça.

Entre outras acusações, fui considerado culpado de falsificar esse documento para profanar deliberadamente o nome de Doña Rosalinda. Deus é testemunha de que não foi o que aconteceu.

A caligrafia que compunha a epístola nunca poderia ter saído de outra mão que não a de Doña Rosalinda. Além disso, seu selo pessoal de Espadas Cruzadas e Romãs estava profundamente gravado no início e no final do documento. Aqui devo inserir um trecho arbitrário da carta de Rosalinda que, sem dúvida, se tornará mais compreensível depois do meu relato de certos acontecimentos posteriores.

O trecho da missiva de Doña Rosalinda ao Bispo diz o seguinte:

Então, Mon Gros Pigeon, entenda que é imperativo que envie um mensageiro imediatamente a Nínive para que ele faça uma permuta pelo precioso líquido. Não perca tempo, pois o interesse já corre em alguns mosteiros da Inglaterra. A tumba é, sem dúvida, a cova genuína de Maria Madalena; o unguento encontrado no lado esquerdo da múmia pode muito bem revelar segredos que não só desacreditariam todos os evangelhos, mas coroariam todo o trabalho árduo que compartilhamos nos últimos anos. O que você me diz, Meu Javalizinho Gorducho? Depois de alguma discussão, o judeu que mencionei foi finalmente persuadido a trocar uma cópia do texto escrito nas ataduras da múmia por um pequeno cofre de pérolas um pouco manchadas. Por Vontade de Nossa Grande Mãe, a escrita estava em grego e, como você bem sabe, não tive muita dificuldade para ler. Você pode imaginar o arrebatamento de prazer que me dominou quando soube que Madalena havia sido uma alta iniciada nos mistérios da Deusa, mas fora executada pelo sacrilégio de vender certos segredos de seu culto a Jesus de Nazaré. Isso, é claro, explicaria os milagres que nos intrigam há tanto tempo. As propriedades do unguento foram enumeradas com esmero, embora a receita exata para misturar esse elixir infelizmente tenha sido omitida. Sem dúvida, o precioso unguento fora enterrado com a múmia ao lado de todas as riquezas pessoais de Madalena.

A natureza secreta do texto me impede de lhe enviar uma cópia por um mensageiro, pois pode cair nas mãos de Inimigos. As notícias levarão algum tempo para viajar de Nínive e até lá espero sinceramente que o conteúdo da tumba esteja seguro em nossa posse. Não se demore com esse assunto tão essencial e se apresse em enviar servos de confiança para Nínive. Se, de alguma forma, for possível fazer a viagem em pessoa, não hesite em sair de pronto, levando a permuta que achar melhor.

Enquanto isso, estou me engraçando com a senhora Abadessa do convento de maneira a assegurar meu poder sobre as outras freiras. Minhas longas meditações e os exercícios devocionais já a impressionaram favoravelmente, não demorará muito para que eu faça meus votos derradeiros. Quão sinceramente você rirá quando ler isso! Em breve, minaremos o próprio Vaticano! A minha posição aqui não está assegurada o bastante para mandar buscar os meus livros e me aborreço cruelmente com as horas de precioso estudo desperdiçadas na igreja, no entanto a Arte Antiga também tem o seu preço e da minha parte sinto que a cada hora sonhada ajoelhada no chão de pedra dura estou depositando ouro nos cofres.

Então, meu caro Feroz Porco Selvagem, pense em mim a cada refeição comendo pão preto e bebendo água sempre que quiser comer uma dúzia de massas folhadas de faisão e cair debaixo da mesa empanturrado; isso seria excelente para controlar o crescimento da sua grande barriga, que certamente o matará antes do tempo. Aconselho também a seduzir menos adolescentes, pois você pode esgotar sua seiva e se tornar um caduco antes de ser um mago.

Agora, com a permissão de Vossa Graça, farei um breve relato das pequenas falhas de nossa senhora Abadessa para que você possa liberar o veneno de seu corpo com alguma alegria calorosa…

Doña Rosalinda então expõe algumas anedotas irreverentes tão ofensivas para uma mente cristã que eu me abstenho de reproduzi-las aqui.

O convento de Santa Barbara estava então sob a direção da Abadessa Doña Clemencia Valdez de Flores Trimestres. Essa senhora venerável era de uma excelente família castelhana antiga, renomada como fervorosa integrante da Igreja e homenageada por Roma com a Estrela de Santa Ermintrude.

Durante os primeiros anos de sua vida no convento, Doña Rosalinda se destacou por sua piedade e extenuante penitência. Os sons de flagelação traziam grupos de freiras admiradas até a porta de sua cela. Às vezes, ela se ajoelhava a noite toda na capela repetindo ave-marias em seu rosário. Durante a Missa Solene, ela constantemente caía em êxtase e precisava ser sustentada por um genuflexório rígido e firme como uma tábua. Freiras que sofriam de várias doenças logo evocaram sua ajuda, acreditando que o simples toque de suas mãos era o bastante para aliviar a dor e a própria doença.

Rosalinda, que tinha amplo conhecimento de ervas, instalou um pequeno dispensário no convento onde realizou muitas curas bem-sucedidas. Agora estou tentado a acreditar que as orações de Rosalinda eram mais da natureza de encantamentos, e que ela era versada em feitiçaria antes de entrar no convento.

Rosalinda tratou sozinha da velha Abadessa em seu leito de morte, e quem sabe por quais poderes obscuros obteve o título antes mesmo de a pobre senhora falecer.

Após a morte da velha Abadessa, a rotina do convento sofreu muitas mudanças imperceptíveis para o mundo fora dos seus muros. A supervisão espiritual das freiras estava a cargo do Bispo de Trève les Frêles. Ninguém ousaria criticar algo aprovado por um dignitário tão alto da Igreja.

Nas horas mais escuras da noite, a capela do convento tornava-se palco de danças orgiásticas e cânticos estranhos em línguas desconhecidas. Trajes esdrúxulos, pompas e banquetes tornaram-se a ordem do dia no Convento de Santa Barbara.

Revezamentos de artesãos estrangeiros vieram ao convento para redecorar os suntuosos aposentos da Abadessa. A torre octogonal tornou-se o centro de muita atividade. A ala norte foi escolhida por Doña Rosalinda como seu espaço especial, a torre octogonal da construção estando nessa parte do edifício. A sala superior foi convertida em um observatório, terraços abertos em todos os lados proporcionando uma visão completa dos Céus. A câmara de admissão e a alcova ficavam sob o observatório, que podia ser convenientemente acessado por uma escada em espiral.

Seda escarlate cravejada com pequenos Grifos roxos e dourados formavam as tapeçarias penduradas nesses cômodos. Os móveis, feitos de madeira escura e perfumada, eram esculpidos com toda sorte de animais da criação. Brocados e capas de toureiro maravilhosamente bordadas brotavam do trono da Abadessa, que estava esculpido com seu emblema pessoal de Espadas e Romãs.

Assoalhos de madeira de ébano e magnólia branca incrustados com anjos de prata e medalhões de bronze dos apóstolos formavam o chão suntuoso sob os pezinhos de Doña Rosalinda. Havia algo inquietante nesses seres sagrados sendo pisados pela Abadessa. Um tapete persa era vez ou outra estendido para receber visitas especiais.

Uma estante chinesa decorada com colunas de lótus de marfim e cavalos ajoelhados feitos do melhor jade e roliços como porcos guardavam a biblioteca pessoal de Doña Rosalinda.

Seus livros eram encadernados com couro de vários animais, de acordo com seu conteúdo específico. Manuscritos especiais seriam encadernados com pele de avestruz ou de lobo. Um breviário de natureza mais frívola podia ser revestido com pele de arminho ou de toupeira. Um documento Cabalístico por Agrippa von Nettesheim estava encadernado em chifre de rinoceronte, delicadamente gravado com o horóscopo da Rainha Hatshepsut. O *Liber Spirituum* e o *Grimorium Verum* foram cobertos com peles de pássaro e cravejados com pequenos rubis e pérolas.

Seria impossível compreender as razões tortuosas que fizeram com que a Abadessa revestisse assim sua literatura excêntrica, no entanto, o fato de ela dar maior importância aos seus livros raros e muitas vezes perversos era evidente para qualquer pessoa que a conhecesse, mesmo que ligeiramente.

Na verdade, ela passava a maior parte dos dias trancada em seus aposentos, estudando esses volumes e escrevendo longos comentários em tiras dos melhores pergaminhos. Ao anoitecer, subia a escada em espiral para o observatório onde manipulava seu conhecimento proibido com não sei que Magia induzida pelos corpos celestes das estrelas.

O retorno do Bispo de Trève les Frêles de sua viagem ao Oriente tirou a Abadessa temporariamente do recolhimento. Banquetes preparados por cozinheiros do exterior foram oferecidos em homenagem ao Bispo. Abades de várias categorias foram convidados a essas festas.

O próprio Bispo trouxe presentes do Oriente para Doña Rosalinda. Entre eles, a cabeça embalsamada de um elefante branco, todos os tipos de roupas orgiasticamente bordadas, um enorme caixote de sândalo recheado de manjares turcos e, claro, os preciosos frascos de Musc de Madelaine, o unguento que dizem ter sido escavado em Nínive e encontrado ao lado da múmia da própria Maria Madalena. Esse poderoso afrodisíaco foi sem dúvida o responsável pelos supostos milagres atribuídos à Abadessa depois de sua morte.

Um relato de Madre Maria Guillerma me informou do seguinte acontecimento extravagante, do qual ela foi testemunha ocular pelo amplo buraco da fechadura dos aposentos de Doña Rosalinda. Os buracos das fechaduras mais tarde tornaram-se *obscurum per obscurius* depois que duas freiras ficaram cegas de um olho por uma agulha de prata enfiada na abertura pela Abadessa sempre perspicaz. Elas viram Rosalinda e o Bispo inalando Musc de Madelaine e por algum processo de *enfleurage* ficaram tão saturados com o vapor do unguento que foram cercados por uma nuvem ou aura azul-pálida que aparentemente agia como um elemento volátil em corpos sólidos. Assim, o Bispo e a Abadessa foram lançados no ar e ficaram suspensos, levitando sobre o caixote aberto de manjares turcos com o qual ambos se empanturraram. O decoro proíbe um relato completo das acrobacias repugnantes que foram realizadas no ar.

Naquela época, eu estava muito intimidado pela Dignidade Prestigiosa do Bispo para questionar o assunto de maneira mais aprofundada.

Durante certo tempo, depois da partida do Bispo, Doña Rosalinda ocasionalmente dava demonstrações de edificação para o restante da comunidade reunida na capela para esse propósito. Ela assumia uma coloração azul luminosa e levitava sobre o altar enquanto as freiras desmaiavam com o vapor avassalador de Musc de Madelaine que invadia toda a capela. As orgias que se seguiram a essas manifestações são horríveis demais para ser registradas com tinta honesta. Em alguns momentos, e muito contra a minha vontade, fui eu mesmo obrigado a participar, por natural reverência ao meu superior, o Bispo.

Por volta da festa de Corpus Christi, a Abadessa recebeu uma mensagem que a deixou em estado de grande agitação. Esse documento, que ainda está em minha posse, diz o seguinte:

Sua Alteza Real, o Príncipe Theutus Zosimos, que acaba de desembarcar em território espanhol, envia sua mais atenta homenagem à Senhora Abadessa, Doña Rosalinda Alvarez Cruz della Cueva do Convento de Santa Barbara de Tartarus, e pede para informá-la que veio à Espanha com a determinação de recuperar vinte e um frascos de unguento Musc de Madelaine, os quais são sua propriedade legítima e comprados pelo preço de quinze camelos, cem pesos de grãos de trigo e seis cabras angorás. A Caravana de Sua Alteza foi selvagemente atacada perto de Nínive pelo que Sua Alteza pensou ser um bando de facínoras locais. Sua dolorosa surpresa foi, portanto, ilimitada quando soube por um espião enviado atrás dos bandidos que o corpulento

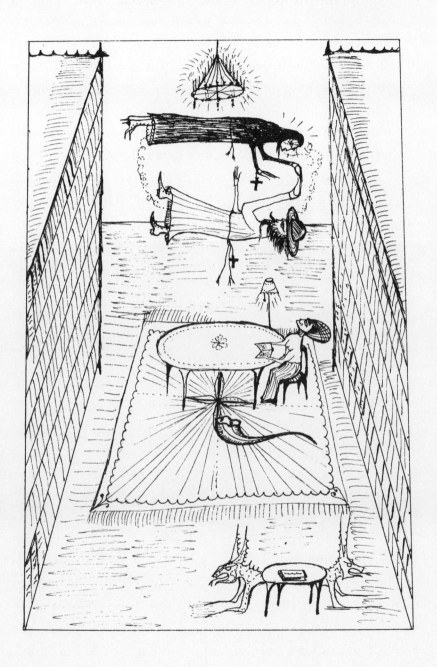

líder dos Assassinos não era outro senão o Bispo de Trève les Frêles. Com alguma despesa e diligência, Sua Alteza foi informada de que o destino final do referido unguento era o Convento de Santa Barbara de Tartarus, Castela, Espanha.

Sua Alteza Real, o Príncipe Theutus Zosimos, não tem intenção imediata de marchar com beligerância sobre o convento, pois está confiante de que a boa vontade e a excelente reputação da Senhora Abadessa serão suficientes para devolver a propriedade de Sua Alteza.

Por isso, Sua Alteza comunica piedosamente à Abadessa, Doña Rosalinda Alvarez Cruz della Cueva, que espere uma visita amistosa do próprio Príncipe e de alguns Cortesãos dentro de alguns dias e noites, tempo, aliás, que levaria para viajar da costa Mediterrânea até as colinas de Castela.

O Príncipe Theutus Zosimos terá a honra de ser o convidado da Senhora Abadessa para uma pausa de alguns dias antes de retornar ao seu país com os vinte e um frascos cheios do unguento Musc de Madelaine guardados em jarros de barro selados.

O Príncipe oferece seus mais graciosos cumprimentos à Senhora Abadessa etc.

Essa epístola estava selada com a imagem de um unicórnio do mar rampante e as palavras *Nulla aqua fit quelles, nisi illa que fit de Monoceros aquae nostrae.* Essas eram as armas da casa real de Theutus Zosimos.

Depois de uma longa audiência com o Bispo, a Abadessa chamou sua carruagem e, levando algumas provisões para a viagem, deixou o convento na mesma noite. A natureza secreta de sua missão a obrigou a usar o disfarce de um nobre barbudo vestido com veludos sofisticados mas discretos de cor violeta da meia-noite enfeitados com zibelina e babados no pescoço com renda irlandesa cor de leão, muito rara na Espanha naquela época.

A carruagem fora construída especialmente para missões secretas. Nunca saiu do convento durante a luz do dia, por isso era pouco conhecida na redondeza. O interior foi feito seguindo os gostos luxuosos habituais da Abadessa, sândalo perfumado acolchoado com pele de antílope cravejada de joias, almofadas e cortinas de seda cor de limão bordadas com Espadas e Romãs em fios de prata e ouro, pérolas, opalas e rubis. O exterior da carruagem apresentava um aspecto que aparentava simplicidade. Era revestido de folha de prata e não tinha nenhum ornamento além de uma coroa de sereias e abacaxis em volta da parte superior. A carruagem era puxada por duas éguas árabes magníficas, brancas como leite e incomparavelmente rápidas.

Acompanhada por um único servo de confiança e pelo cocheiro, a Abadessa intrépida partiu em sua jornada noturna em direção ao sul.

Quase noventa horas se passaram quando Doña Rosalinda interceptou a carruagem alugada que levava o Príncipe. Sua Alteza estava guardado apenas por dois cavaleiros, tendo deixado um pequeno exército de mouros em Granada à espera de ordens. Os cavaleiros foram logo despachados pelo servo de Rosalinda, Don Venancio, um dos melhores espadachins de Castela. Em pouco tempo, a Abadessa conseguiu aprisionar o Príncipe em sua própria carruagem e as éguas brancas a levaram de volta a Santa Barbara de Tartarus.

O Príncipe era tão jovem e gracioso que a Abadessa se absteve de lhe fazer qualquer dano físico; suas roupas sofisticadas e pele negra, barba curta e grosseira e olhos brilhantes a impressionaram tão favoravelmente que ela decidiu mantê-lo como sua companhia constante. O fato de Theutus Zosimos não ter concordado de forma alguma com essa honra não afetou a decisão da Abadessa. Ela ficou sentada sorrindo para si mesma enquanto o Príncipe chutava e xingava em sua própria língua, preso nas garras fortes de Don Venancio, o Espadachim.

A jornada de volta a Santa Barbara de Tartarus deve ter sido um espetáculo e tanto. O relato da Abadessa, no entanto, foi contido e ela se recusou a ser interrogada quando chegou. Deduções da situação se tornaram possíveis, no entanto, graças a certas observações cáusticas feitas pelo Bispo, e a atitude do Príncipe Theutus Zosimos não deixou absolutamente nenhuma dúvida quanto ao aspecto geral da situação.

Reconstruindo a viagem sem detalhes, imagino o Príncipe lentamente tomando consciência do cavalheiro sorridente na carruagem. O cavalheiro, que, é claro, era a Abadessa disfarçada, despertou o interesse pervertido do jovem. Tendo certos costumes orientais desnaturados já deformado sua masculinidade, o Príncipe fez investidas impróprias a Doña Rosalinda que, na ilusão de que ele a reconhecia como uma dama disfarçada, aceitou de bom grado os galanteios do belo jovem. Essas investidas não poderiam ter ido longe, no entanto, pois, quando chegaram ao convento, o Príncipe ainda pensava que a Abadessa era um cavalheiro. Quando ela surgiu diante dele vestida sorridente com suas roupas normais, ele se virou com frieza para o lado e lançou olhares insinuantes para o Bispo.

Além disso, no momento em que Theutus Zosimos se deu conta de que era prisioneiro da Abadessa, que também havia lhe roubado os frascos preciosos de Musc de Madelaine, caiu em um transe tão profundo de melancolia que sua vida passou a correr perigo. Recusando toda forma de comida e bebida, ele ficou prostrado no sofá esculpido com um dragão nos aposentos privados da Abadessa. Depois de alguns dias, sua compleição escura ficou amarelo-cádmio e seus olhos brilhantes afundaram em seu rosto como dois poços estagnados.

A Abadessa, cuja paixão dominante sempre foi a curiosidade profana, decidiu dar ao Príncipe doente uma pequena quantidade de Musc de Madelaine em uma tisana. Até então, ninguém havia sorvido o poderoso unguento pela boca; Doña Rose e o Bispo sempre obtiveram os resultados desejados apenas inalando o vapor. Depois de alguns cálculos no observatório do andar de cima, a Abadessa preparou uma bebida com folhas de verbena, mel, algumas gotas de água de rosas e uma colher de sopa cheia de Musc de Madelaine. O Bispo, que já tinha afeição paterna pelo Príncipe e sem dúvida teria levantado objeções a essa experiência, estava por acaso em uma curta viagem a Madri. Certas questões eclesiásticas relativas à diocese de Santa Barbara de Tartarus agora exigiam atenção; a pequena nobreza, cujos impostos haviam aumentado devido às exigências da vida luxuosa no convento, enviara queixas ao Arcebispo, que por sua vez enviara uma mensagem ao Bispo solicitando sua presença em Madri. Tudo isso era apenas uma questão de formalidade, pois o próprio Arcebispo tinha gosto pelo conforto e de modo algum esperava qualquer redução dos impostos. A pequena nobreza ficava com a impressão de que tudo estava bem, pois altos dignitários da Igreja estavam conduzindo conferências tão importantes em seu nome na capital.

Uma vez que a Poção da Bruxa (não poderia ser nomeada de outra forma) foi preparada, a Abadessa me convocou à sua presença. Fui instruído a abrir a mandíbula do Príncipe enquanto ela despejava o terrível líquido goela abaixo. O jovem infeliz estava tão fraco que toda a operação foi bem simples, embora eu não possa dizer que minha própria consciência tenha se sentido de todo tranquila. No fundo do meu coração, sentia que o Unguento Pecaminoso nunca deveria ter entrado em uma Comunidade Cristã, mas dificilmente ousaria desobedecer à Abadessa, pois sua personalidade imponente sempre petrificou minha força de vontade.

Uma vez que Theutus Zosimos engoliu à força a última gota da Poção, ele passou a ter uma série de convulsões assustadoras. A expressão de leve divertimento no rosto de Doña Rosalinda era mais uma prova de uma alma insensível.

Sem dúvida, a condição fraca e a natureza pouco viril do Príncipe impediram as manifestações usuais. Em vez de disparar pelo teto, como sem dúvida a Abadessa esperava, o Príncipe ficou apenas deitado na cama, batendo os braços debilmente e grasnando como um pato nos últimos extremos de sua existência. Voltando os olhos injetados de sangue para a Abadessa, o Príncipe desafortunado declarou que havia se transformado em uma fêmea de rouxinol que cantava para seu companheiro. A confusão de sua mente de alguma forma transformara o Príncipe em um pássaro. Depois do que pareceu um longo período, Theutus Zosimos enfim reuniu forças e se levantou do sofá. Batendo asas e grasnando, subiu correndo as escadas até o observatório, seguido por mim e pela Abadessa em seus calcanhares. Mesmo que tivéssemos desejado, duvido que haveria tempo de evitar o resultado infeliz da experiência da Abadessa. Com olhos arregalados e lábios espumosos, o Príncipe Theutus Zosimos subiu no parapeito que rodeava o observatório. Então, gritando que era a Rainha dos Rouxinóis, ele pulou para uma morte violenta quase trinta metros abaixo.

O restante daquela noite desafortunada foi passado enterrando o Príncipe no jardim da cozinha.

Depois da morte de Theutus Zosimos, o Bispo de Trève les Frêles passou a definhar. Seu apetite parecia comprometido e ele até perdeu um pouco de peso. É claro que a Abadessa não havia informado ao Bispo que o Príncipe estava morto. Limitou-se a dizer que, durante a estadia do Bispo em Madri, ela mesma o persuadira a retornar pacificamente para seu país. Além disso, assegurou ao Bispo que o Príncipe lhe impôs de repente certos galanteios que ela achou por bem corresponder, em troca dos vinte e um frascos de Musc de Madelaine. É improvável que o Bispo acreditasse mesmo em toda essa história, embora a aceitasse sem fazer comentários e seguisse definhando.

Devido, portanto, ao estado de saúde debilitado, o Bispo decidiu passar um tempo em Provença, onde o ar revigorante, disse ele, logo restauraria sua exuberância habitual. No entanto, acredito que a notícia de um novo trunfo para a música eclesiástica de Avignon foi o que estimulou sua partida. Fomos informados por um menestrel, que havia passado pela cidade em questão, que um bando de meninos louros encantadores do coro havia chegado das Ilhas Britânicas, e que suas vozes delicadas só podiam ser comparadas a uma hoste angelical. O menestrel nos contou ainda que os meninos estavam sob o amparo de um pequeno grupo de Cavaleiros Templários que escaparam do expurgo e estavam escondidos na Irlanda. Os perseguidos Cavaleiros Templários, disse o menestrel, continuaram a iniciar devotos à ordem que floresceu sob o amparo de certa nobreza irlandesa.

O Bispo então partiu para Avignon na companhia de alguns servos, armados para os perigos da viagem.

A Abadessa mais uma vez se recolheu à privacidade da torre octogonal e continuou seus estudos. A rotina do convento retomou um clima mais tranquilo, e o estado de ânimo das irmãs pareceu arrefecer o bastante para que elas cumprissem seus deveres vestidas e em sã consciência.

Como confessor do convento, senti que meu dever me obrigava a impor certas penitências às freiras por seu comportamento orgiástico durante a permanência do Bispo.

Até sugeri à própria Abadessa uma leve penitência, que consistia em três rosários por semana e acender algumas velas para a Virgem Santíssima. No entanto, ela riu tanto quando fiz essa sugestão que fui obrigado a me retirar aflito e um pouco envergonhado.

Durante sua vida, essa mulher sempre conseguiu se impor tanto aos outros mortais comuns que eles aceitavam sua superioridade sem questionar. Por mais que minha consciência me assegurasse que ela era uma profanação manifesta para os dogmas da santa fé Católica, ainda assim me achava fraco e flexível sob sua presença férrea.

Nesse período, recebemos a visita de diversos prelados, entre os quais um cardeal do Vaticano. O convento passou por uma rápida reestruturação sob a observação arguta da Abadessa. Ela se instalou em uma cela comum na Ala Oeste e, quando o cardeal chegou, todas as estátuas dos santos já estavam de cabeça para cima e os chifres dos bodes removidos do topo do Sagrado Santuário. Sempre que o cardeal estava nas proximidades de sua cela, a Abadessa batia em seu colchão de palha com um chicote para dar a impressão de que se entregava à flagelação diária. De vez em quando, permitia que o cardeal a visse banhada na pálida aura azul de Musc de Madelaine, embora sem a colaboração íntima de um cavalheiro a levitação não fosse possível. O cardeal, convencido da natureza santa da Abadessa, voltou a Roma com relatos entusiasmados do convento de Santa Barbara de Tartarus. Mais tarde, esses relatos devem ter influenciado o Papa favoravelmente para a canonização de Rosalinda.

Sunt enim plerique libri adeo obscure scripte, ut a solis auctoribus suis percipiantur. Se essa citação se referisse à alma humana em vez de livros, acho que se aplicaria muito bem à Abadessa de Santa Barbara. Até hoje duvido muito se seria possível para um ser humano comum entrar no labirinto do coração de Doña Rosalinda.

O verão e o inverno passaram antes de recebermos notícias do Bispo. Foi durante os idos de março que chegou a primeira mensagem de Avignon. Doña Rosalinda andava inquieta de uma forma incomum desde o início de janeiro e fazia inúmeras cavalgadas noturnas nas montanhas sob seu disfarce habitual, um cavalheiro nobre de barba curta e ruiva. Tentei desencorajar essas excursões com o argumento de que algum camponês errante poderia um dia vê-la entrar pelos portais do convento. No entanto, minhas advertências foram inúteis. Ela disparava noite adentro montada em seu garanhão preto, Homunculus. O corcel de fogo regressava ao estábulo cambaleando de fadiga e ensebado da cabeça à garupa depois desses passeios extravagantes. Algum tormento secreto parecia levar a Abadessa noite adentro, onde ela buscava em vão acalmar sua turbulência interior cavalgando Homunculus impiedosamente o bastante para partir o coração robusto do animal. Se ela atingiu esse grau de agitação interior por causa da falta de progresso em seus estudos esotéricos ou apenas por tédio, era impossível saber.

Um pequeno incidente naquela época causou rumores entre os camponeses. Alguns cachorros de rua desenterraram o cadáver do Príncipe Zosimos e correram para a aldeia carregando diferentes partes de seu corpo já decomposto. Os pedaços de osso e carne, no entanto, ainda eram reconhecidamente humanos, e o magistrado local mostrou algum interesse na identidade original do cadáver. É possível que a Abadessa tenha usado esse escândalo embrionário como desculpa para a viagem que se seguiu, embora eu pense que o verdadeiro motivo tenha sido sua própria inquietação interior e, claro, a missiva do Bispo que dizia o seguinte:

Graciosa Rosalinda, Flos Aeris Aureus, ou devo dizer Estimada Abadessa?

Você, sem dúvida, está esperando notícias de minha morte e enterro, já que tantas luas se passaram desde minha partida e não escrevi nem enviei mensagens verbais. Meus dias e até mesmo noites foram gastos em uma atividade tão contínua e extenuante que devo rezar para que você encontre perdão em seu coração por ter me omitido de enviar notícias.

Ao partir, não pretendia uma estada tão longa em Avignon. Como você sabe, eu apenas pretendia recuperar minha saúde e meu ânimo nos ares revigorantes de Provença e estimular a alma com música angelical de gargantas jovens. Minha proposta imediata foi, portanto, um rápido retorno a Santa Barbara de Tartarus, a fim de continuar a lutar por nosso objetivo mútuo. O fato de ter permanecido por tanto tempo se deve inteiramente a acontecimentos que tomaram um rumo tão extraordinário. Nosso triunfo na Arte pode realmente depender de nosso sucesso aqui em Avignon.

Você sem dúvida se lembra de que o menestrel que primeiro trouxe notícias de Provença fez alusões indiretas à Ordem dos Cavaleiros Templários e chegou mesmo a insinuar a presença deles na cidade. Certos meninos nórdicos do coro sob a tutela deles sendo, por assim dizer, um disfarce para um possível Centro Templário na França.

Todos nós conhecemos o inquietante poder dos menestréis de obter notícias de qualquer lugar por onde passem, então a ideia de que o sujeito em questão tinha conhecimento de tais fatos não deve surpreendê-la. Deixe-me voltar às primeiras semanas de minha chegada a Avignon. Depois de uma viagem excepcionalmente tediosa, me retirei por alguns dias no Palácio de Trève les Frêles. Passei esse tempo prostrado na minha cama felpuda, que era mesmo um paraíso depois da carruagem sacolejante. Você sabe como minha região posterior fica muito sensível depois de longa exposição a um assento duro. Berthe Louise atendeu minha condição delicada com seu carinho habitual e preparou um maravilhoso óleo aromático, com o qual massageou essa região quase paralisada do meu corpo. Fui obrigado a ficar deitado de bruços durante quarenta e oito horas antes de sentir a possibilidade de me reclinar em almofadas para consumir qualquer bebida. Sendo a caça abundante nessa temporada, felizmente consegui estimular a minha força debilitada com perdizes assadas, porco selvagem cozido em excelente vinho local, veado jovem e galinhola recheada.

Enfim me senti forte o suficiente para enfrentar os poucos quilômetros até Avignon, para reanimar minha alma com prazer artístico na forma de música elevada. Como você sabe, a música é o alimento da alma, e eu estava impaciente para chegar à catedral para ouvir os meninos do coro nórdico cantarem a Missa.

Não vou fazer uma longa descrição extática desses gentis cantores. Direi apenas que se eles se assemelham mesmo a anjos, então deixe-me entrar no paraíso e brincar entre os querubins. Que peles claras e delicadas e olhos azuis inocentes! Sua pura canção trinada transformou a

Missa em uma experiência de puro deleite. Isso, minha querida Rosalinda, é algo que tenho certeza de que você nunca experimentou.

Depois de algumas dificuldades superficiais e pequenas provações, como jantar com o Arcebispo, logo consegui me apresentar aos cantores e, portanto, abri meu pequeno palácio em Avignon, onde me instalei. Em várias ocasiões, acolhi todo o coro, que se dispôs a dar breves recitais de canto gótico para edificação dos demais convidados, gente de qualidade das propriedades locais. Claro que fui obrigado a lhes oferecer alguma remuneração, e isso me custou um bocado do ouro que obtive no Oriente. A despesa, porém, não tardou a oferecer recompensa, na forma do que posso descrever sem exageros como uma amizade celestial. Um dos meninos mais velhos descobriu nas cordas vocais o habitual problema da adolescência e, por isso, não pôde participar. Portanto, me incumbi de sua educação espiritual e lhe concedi um aposento permanente no palácio.

Esse menino, posso dizer, não é apenas excepcionalmente bonito, com as formas de um jovem Adônis, mas também é um poeta talentoso. O povo irlandês, me disseram, costuma ter dom para o verso. O rapaz, Angus, vem de uma linhagem simples e é de uma natureza tão naturalmente boa que seria de esperar que tivesse saído de um templo grego e não das florestas da Irlanda. Passei muitas noites de encanto perfumado na companhia do jovem vivaz. Discutíamos todos os assuntos, da magia egípcia à música chinesa, determinadas frivolidades entre os antigos gregos, a caça com cães irlandeses e o efeito de determinadas ervas. Muitas vezes, Angus me surpreendia com sua aguda análise e conhecimento de variados assuntos obscuros. Em uma dessas pessoas simples, isso era tão delicioso quanto misterioso.

Embora eu me perguntasse vez ou outra a respeito da cultura incomum do menino, não fui muito a fundo, pois, como você sabe, Rosalinda, a felicidade é um espectro que nunca suportou muitas perguntas intrometidas. Eu me banhei, por assim dizer, em uma luz dourada, entregue como um pássaro em pleno voo.

Esse agradável estado de coisas durou cerca de um mês, até a chegada de certa pessoa da Inglaterra com o nome de Sir Hermatrod Siras. Esse indivíduo deve ter ficado sabendo da presença de Angus no palácio por seus colegas, os Cavaleiros Templários, e as informações que ele tinha do nosso relacionamento eram desagradavelmente precisas.

Eu tinha me esquecido, até o encontro com Sir Hermatrod, que os rapazes eram os supostos discípulos da Ordem. As informações do Menestrel, portanto, estavam todas corretas.

Embora pertencendo ao povo notoriamente teimoso da Grã-Bretanha, Sir Hermatrod se mostrou aberto à negociação. Fiquei sabendo que os Templários estavam mesmo estabelecendo um núcleo de sua ordem em Provença e que precisavam de sustento, como todos.

Com a promessa de presentes que incluíam ouro, pedras preciosas e perfumes raros, enfim consegui persuadir Sir Hermatrod a deixar o menino Angus sob minha educação espiritual, ao menos por enquanto.

Minha persuasão cuidadosa deu frutos, e aprendi um pouco sobre a misteriosa irmandade de meu protegido. Parece que, desde que a perseguição começou, vários Cavaleiros Templários fugiram disfarçados, e parte deles encontrou abrigo na Irlanda. Uma antiga fortaleza na costa oeste foi posta à disposição e patrocinada pelos descendentes da família do Rei Malcolm, os Moorhead. Agora essa família, como o próprio nome indica, tomou um papel proeminente nas cruzadas, mas havia brigado com o clero quanto à distribuição do butim adquirido no Oriente. Eles estavam, portanto, inclinados a relações amistosas com os Cavaleiros Templários quando eles deixaram de ser favorecidos pela Igreja. Em segredo, a Ordem floresceu e se expandiu na Irlanda. Iniciados eram aceitos de famílias nobres e, ocasionalmente, de famílias comuns que demonstravam uma disposição favorável em relação às necessidades dos Templários.

Por algumas gerações, o solo irlandês provou ser frutífero para suas atividades. Com o tempo, no entanto, a necessidade de criar novos centros em outros países se tornou latente e agora, há cerca de cinquenta anos, eles organizavam grupos em todo o continente.

Agora, minha querida Flos Acris Aureus, chegamos ao ponto culminante da minha missiva. Uma noite o menino Angus, tendo bebido mais vinho do que era prudente para alguém nessa tenra idade, confiou-me o Grande Arcano da Ordem, ou melhor, o símbolo vivo de tal. Ele me fez entender que os Cavaleiros Templários na Irlanda estavam de posse do Graal. Essa maravilhosa taça, como você sabe, é dita o cálice original que continha o elixir da vida e pertencia à Deusa Vênus. Conta-se que ela bebeu o líquido mágico quando estava grávida de Cupido, onde ele entrou pelo útero e, absorvendo o Pneuma, tornou-se um Deus. A história diz que Vênus, em suas dores do parto, deixou cair o cálice, que veio para a terra, onde foi enterrado em uma caverna profunda, morada de Epona, a Deusa Cavalo.

Por alguns milhares de anos, a taça esteve seguramente sob a guarda da Deusa subterrânea, que era conhecida por ser barbuda e hermafrodita. O nome dela era Barbarus.

É possível que você já tenha ouvido essa lenda antes. Devo dizer que achei o nome marcante, em razão de associações óbvias.

A Deusa Barbara era adorada como a doadora da vida ou do útero, e escolhiam-se hermafroditas como seus sacerdotes.

Sem, filho de Noé, deveria ser o primeiro a marchar sobre o santuário dessa Deusa. Os sacerdotes foram assassinados e o Graal roubado, o santuário profanado; de acordo com a lenda, a taça estava nas mãos da tribo de Sem e foi roubada pelos Cavaleiros Templários durante a cruzada.

Histórias posteriores surgiram em torno do Graal, e sua magia foi erroneamente atribuída a fontes cristãs.

Qualquer que seja a verdade sobre a antiguidade do Graal, seu poder maravilhoso está além de qualquer questionamento, e certas indicações precisas me fazem acreditar que o que Angus disse é verdade.

Chère Mutus Rosarium, você vai compreender a necessidade de ao menos ver a taça maravilhosa e, se possível, devolvê-la à Deusa Barbarus, ou eu deveria dar a ela um título mais recente? Quem sabe se isso não pode ser um meio de devolver a propriedade roubada à proprietária original, Vênus?

Aconselho-a a designar uma abadessa adjunta à frente do convento e partir logo para Avignon. Posso lhe prometer uma confortável suíte no palácio e uma *cuisine* que, ao menos, equipara-se à do convento. É possível que sejamos obrigados a viajar para a fortaleza dos Cavaleiros

Templários na Irlanda, então traga amplas provisões para a viagem. Embora o Graal já possa estar na França, duvido que seja removido antes que eles se acomodem de maneira mais estabelecida.

Certifique-se de trazer muitas almofadas para a viagem, a menos que queira dormir de bruços por uma semana depois de chegar. As estradas são verdadeiramente execráveis.

Sempre seu Terno Admirador e Irmão de Alma em tudo o que nos une.

Fernand, Bispo de Trève les Frêles

Antes de partir, a Abadessa escondeu os frascos de Musc de Madelaine. Embora eu tenha procurado em todo o convento a posteriori, nunca consegui encontrar o restante de unguento. Agora sei que ela deve tê-lo escondido na cripta sob a igreja onde acabou sendo enterrada. Naquela época, não me ocorreu que os túmulos das antigas abadessas pudessem ser o esconderijo. Além disso, certo terror da sinistra cripta me impediu, sem dúvida, de considerar o lugar como uma possibilidade.

Assim, após cuidadosa preparação, a Abadessa vestiu seu disfarce e partiu na carruagem prateada puxada pelas duas éguas brancas. Um cavaleiro, montado em Homunculus, o garanhão preto, acompanhava a carruagem.

Irmã Teresa Gastélum de Xavier foi nomeada Abadessa adjunta. Essa freira era a assistente pessoal de Doña Rosalinda, e inteiramente dedicada à excêntrica Abadessa.

Teresa Gastélum de Xavier devia ser de origem moura, tinha uma compleição escura e modos taciturnos e secretos; instalou-se na torre octogonal e era extremamente difícil ter acesso aos aposentos da Abadessa sem o conhecimento dela.

Com certa diligência, consegui entrar, em várias ocasiões, e examinar os pertences pessoais de Doña Rosalinda e, assim cheguei a ter em mãos certos documentos e cartas que me ajudaram a compreender a personalidade da Abadessa. Como confessor do convento, considerei meu dever me manter o mais informado possível dos acontecimentos relativos a Santa Barbara de Tartarus. Por certo Doña Rosalinda era o principal foco de meu interesse. A curiosidade vulgar de modo algum me estimulava, estava apenas cumprindo meu dever como Diretor Espiritual da Comunidade.

O mistério envolve a jornada da Abadessa, que esteve ausente por quase dois anos. Ela deve ter passado mais da metade desse tempo no oeste da Irlanda, perto da fortaleza dos Cavaleiros Templários, se não dentro da própria fortaleza. Conhecendo a astúcia diabólica de Doña Rosalinda, estou inclinado a acreditar que ela de fato conseguiu passar um tempo considerável dentro da fortaleza, embora saber como essa difícil façanha foi executada seja impossível. Provavelmente ninguém, a não ser o Bispo de Trève les Frêles, suspeitasse que o *cavalier* barbudo fosse a Abadessa, ao menos não por um tempo; e quem acabou descobrindo sua identidade guardou o segredo, caso contrário Doña Rosalinda nunca teria deixado a Irlanda viva.

A condição da Abadessa quando ela por fim retornou a Santa Barbara de Tartarus não deixou dúvida de que ao menos uma pessoa sabia que ela era uma mulher. Digo uma "Pessoa", embora, considerando os incríveis acontecimentos em torno da morte da Abadessa, às vezes estremeça com uma dúvida inominável.

Depois que a Abadessa morreu, por acaso fiquei de posse de um pergaminho escrito em hebraico e que consegui traduzir com a ajuda de um judeu que negociava especiarias em Madri.

Esse pergaminho foi acompanhado por outro documento em latim que se referia à permanência de Doña Rosalinda na Irlanda e possivelmente à sua permanência na fortaleza dos Cavaleiros Templários. Deixo aqui ambos os documentos, sendo o primeiro a tradução do hebraico.

Ele [o Pecador] não será absolvido por expiações nem pelas águas lustrais do mar e do rio. Ele clamou que Sem da tribo do Egito fosse chamado de Impuro através das eras até que o Cálice de Pneuma retorne às Filhas chamadas Arioth de Tartarean;

Que todas as Suas [de Sem] iniquidades serão expiadas pela submissão de sua alma à Estrangeira Estranha [também traduzida como Bar-bar-a]. Que mais uma vez reabastecerá o Cálice com o Santo Pneuma por [um] ritual de união ao Deus Chifrudo amarelo [ou dourado], Guardião do Santíssimo Receptáculo.

No início, os dois espíritos, que são conhecidos como Gêmeos, são um Feminino e o Outro Masculino. Eles estabeleceram no início da Vida, o Pneuma e o Cálice Sagrado para reter o Pneuma.

E quando esses dois Espíritos se Encontraram isso dava origem ao nascimento do Alado [ou Hermafrodita Emplumado, Sephirá].

Desde então, o cálice não deu fruto. Os estéreis carcereiros da taça A baniram de Seu Mais Legítimo Reino nas Cavernas de Seus Mistérios Mais Secretos.

Epona, Barbarus, Hécate

E os filhos do planeta esquecerão e não encontrarão o caminho dos anos e esquecerão as luas novas e as estações e errarão quanto a toda a ordem do tempo e dos corpos que correm nos Céus. Eles irão assim perpetrar abominações, pois a taça está vazia e estéril sob o governo de Sem, que é Yehowá, o Vingador.

E quando as três luas nascerem juntas e obscurecerem a luz do sol haverá lamentações e ranger de ossos pois que esqueceram sua origem e não conhecem mais as raízes da Árvore.

Contemplem, a Sábia é ladra de Seu Receptáculo que jaz na escravidão dos Irmãos Estéreis, que jaz vazio e abandonado do mais milagroso Pneuma.

Ai dos filhos da terra que adoram uma trindade de homens. Ai dos Irmãos estéreis que rasgaram o cálice de Sua guarda.

Esse documento ambíguo não estava lacrado, mas a qualidade do papiro indica ser uma antiguidade. O segundo rolo também não fora assinado e escrito por alguma mão desconhecida:

Et volabo cum ea in coelo et dicam tunc. Vivo ego in aeternum. Estrangeiros Estranhos entraram na Casa de Conor [evidentemente o nome da fortaleza onde os Cavaleiros Templários estavam reunidos desde a perseguição]. Um nobre espanhol acompanhado de um corpulento bispo francês de Provença. Eles vieram para solicitar o ingresso na Ordem dos Cavaleiros Templários.

O Grão-Mestre está fazendo um exame preliminar dos viajantes.

Satisfação foi concedida ao nobre espanhol, Don Rosalendo de Tartarus. Ele deve começar a iniciação sob Sir

Aillen. O caso do Bispo está aguardando inspeção mais aprofundada.

A Casa de Conor foi abalada por um terremoto e a comunidade está começando a recuperar uma rotina ordenada, que foi lançada ao caos pelo choque. Um murmúrio subterrâneo ainda é audível das entranhas da terra.

Os rumores do subsolo ainda prevalecem e dizem que saem da tumba onde mantemos o Arcano.

O Grão-Mestre convocou uma Assembleia Geral na Câmara Octogonal, acreditamos que o murmúrio subterrâneo está ligado ao Arcano. O Grão-Mestre, sem dúvida, nos esclarecerá melhor sobre a ocorrência alarmante.

Um bardo errante em busca de abrigo acaba de chegar na Casa de Conor, ele se chama Taliesin.

O Grão-Mestre nos informou que a cripta do Arcano deve ser aberta depois de ter sido mantida selada pelos últimos duzentos anos. Essa decisão importante foi tomada ontem à noite, depois de uma conferência que durou cinco horas.

O Bardo Taliesin nos manteve entretidos com canções humorísticas sobre o terremoto. Ele improvisou uma balada contando que o Arcano se inquietou em seu sono por causa da chegada de uma senhora. Isso fez todos nós rirmos. Nenhuma mulher entrou na Casa de Conor desde que foi doada à Ordem pelos Moorheads.

Essa noite vamos tirar na sorte para que o destino decida quem entrará na temida cripta sozinho e desacompanhado de acordo com a tradição.

Sir Sean de Liath será o primeiro Cavaleiro Templário a entrar na cripta do Arcano desde que foi selada por Sir

Rufus duzentos anos atrás, depois das mortes misteriosas de doze Cavaleiros da Ordem.

Sir Sean de Liath meditará a noite toda no Altar da Lança antes de sua provação.

Ele será purificado com água do poço de Annwn e usará a espada de prata conquistada pelos Cavaleiros Templários dos Sidhe, povo derrotado.

Acontecimentos terríveis mergulharam a Casa de Conor em luto profundo. Quatro dos mais honrados Cavaleiros da Ordem foram arruinados até a morte.

Depois que a cripta foi ritualisticamente aberta pelo Gráo-Mestre, cada cavaleiro que entra na cripta do Arcano encontra uma morte assustadora e inexplicável. Todos saem da câmara tenebrosa tendo convulsões e falando de uma aparição assustadora com chifres que brilha como ouro polido. Então, com sangue escorrendo de seus olhos e de suas bocas, eles morrem amaldiçoando o Graal.

Que Deus Tenha Misericórdia de Suas Almas.

Sir Sean de Liath, Sir Thomas Vervin, Sir Stanislaus Brath, Sir Wilfred Donnegan. Todos tiveram fins prematuros e temerosos. Eles serão enterrados com toda a honra da Ordem na Cripta do Oriente.

Taliesin canta que só uma dama pode permear a presença do Deus Chifrudo e não sofrer nenhum dano. Um estranho desconhecido do mundo inferior virá reabastecer a taça. Tudo isso soa como conversa dos Sidhe, de quem Taliesin pode ser secretamente aliado.

Para nossa consternação geral, Don Rosalendo de Tartarus se ofereceu para entrar na cripta do Arcano. Isso seria excessivamente heterodoxo, pois ele ainda não foi ordenado.

No entanto, como é improvável que esse bravo cavaleiro sobreviva à aventura, a opinião geral é a favor de lhe permitir uma morte gloriosa e a ordenação no leito de morte.

Taliesin canta uma curiosa canção que soa como um conselho para Don Rosalendo.

É cada vez mais provável que o Bardo tivesse negócios com os Sidhe, embora fosse impossível comprovar.

O refrão de sua canção pede ao cavaleiro espanhol que carregue "Algo para golpear, cortar e amarrar". Ele então se refere a algo com penas "que irá nascer", o que pode significar algum tipo de pássaro.

Don Rosalendo entrou na meditação de doze horas em seus próprios aposentos. Solicitou o uso da espada de prata dos Sidhe, um galho de salgueiro e um pedaço de corda. Ele vai levar um pequeno frasco de uma substância que se recusa a nomear e que é de sua propriedade pessoal. Ele carrega sete frascos dessa substância em um caixote de ébano gravado com unicórnios luminosos.

Estamos antecipando a Morte do bravo espanhol com pesar no coração, *"et invenitur in omni loco et in quolibet tempore et apud omnem rem, cum inquisitio aggravat inquirentem".*

O espanhol emergiu Vivo da temida Cripta. O triunfo de um leigo sobre os Cavaleiros Templários Ordenados está causando muita discussão.

Seis Cavaleiros e o Grão-Mestre presenciaram a entrada de Don Rosalendo de Tartarus na cripta do Arcano, onde ele passou três horas inteiras a portas fechadas.

Enfim ele surgiu, sorrindo, ileso e emitindo uma luz azul-pálida. Ainda carregava a espada Sidhe e o galho de salgueiro, mas o frasco e a corda haviam sido deixados para trás.

De acordo com o ritual tradicional, ele foi revistado sob a ponta de espadas e, para nosso horror ilimitado, descobrimos que ele carregava o próprio Graal escondido sob sua capa. Quatro dos cavaleiros caíram prostrados enquanto um fugia. O Graal emitia uma essência luminosa impossível de ser encarada. O sexto cavaleiro, Sir Pheneton, manteve-se firme e obrigou Don Rosalendo a devolver a taça à cripta sob pena de morte caso recusasse.

Depois de muita deliberação, o Grão-Mestre decidiu poupar a vida de Don Rosalendo por sua Bravura. No entanto, pelo Sacrilégio de Desonestidade, Don Rosalendo foi solicitado a deixar a Casa de Conor imediatamente junto com o Bispo e toda a sua bagagem, e nunca mais voltar, sob pena de execução.

O Bardo Taliesin irá acompanhá-los por sua própria vontade.

Sir Pheneton Sanderson foi premiado com o Pentágono de Ferro por sua conduta valente. O murmúrio subterrâneo cessou por completo e tudo está quieto como a morte na cripta.

Esses documentos relativos à estada da Abadessa no exterior são tão incompletos que muitos mistérios permanecem inexplicáveis. Tendo encontrado os dois pergaminhos entre seus pertences pessoais depois de sua morte, suponho que ela os tenha roubado da fortaleza da Casa de Conor. Como conseguiu, apenas Doña Rosalinda poderia dizer.

Como já disse, dois anos se passaram antes que a Abadessa voltasse à Espanha. Um mensageiro precedeu sua chegada por cerca de sete dias, trazendo um comunicado de que todos deveriam estar preparados para sua vinda iminente a Santa Barbara de Tartarus. Alguma apreensão e muita excitação prevaleceram em toda a comunidade.

Quando ela enfim chegou, contudo, poucas freiras testemunharam sua entrada no convento, pois era antes do amanhecer, a hora zero, como dizem. Calhou de meu aposento ser situado sobre o *Zaguan* principal, fui acordado pelo som do cavalo e da carruagem. Vestindo-me apressado, desci para dar as boas-vindas a Doña Rosalinda de volta ao convento.

Embora a Abadessa estivesse envolta em um longo manto escuro, era impossível não perceber que ela carregava uma barriga enorme, pelo menos duas vezes o tamanho de uma gravidez normal no nono mês antes do parto.

Depois de os servos transportarem todos os pertences de Doña Rosalinda para a torre octogonal, ela mesma se retirou, caminhando de maneira lenta e laboriosa. Madre Gastélum de Xavier a atendeu durante os três últimos dias de sua vida.

No terceiro dia, fui chamado à torre pela Irmã Fabiolina, que assumira por sua própria conta a responsabilidade de me procurar, tendo sido acometida de um colapso por ter presenciado os acontecimentos terríveis na torre.

A Abadessa estava deitada em sua agonia de morte, a hora era meia-noite. Ainda estremeço de angústia quando a visão terrível volta à minha mente. Pois Doña Rosalinda, que sempre foi uma mulher magra, inchara tanto que parecia uma pequena baleia, e estava preta como carvão. O processo de inchaço atingiu suas dimensões máximas e ela flutuou lentamente no ar, permanecendo suspensa por um momento. Então um tremor repentino passou sobre o corpo, seguido por um estampido mais alto do que qualquer barulho conhecido e por uma explosão tão violenta que fui jogado contra a parede. Tudo o que restava da Abadessa de Santa Barbara de Tartarus era um pedaço de pele escura e úmida do tamanho de um lenço repousando sobre a cama.

Uma fumaça pungente tão pesada que parecia uma nuvem de trovoada, e com um fedor terrível, encheu a câmara mortuária. Cambaleando com o choque desse espetáculo tão impressionante, não percebi de imediato um pequeno objeto ou corpo luminoso, suspenso e esvoaçante na densidade dos gases. Um curto período de tempo se passou antes que eu reconhecesse um menino, não maior do que uma coruja, luminosamente branco e alado, esvoaçando perto do teto. Ele portava um arco e flechas, mas a luz ofuscante que emanava de seu corpo me impedia de um exame mais detalhado. O fedor dos gases liberados pela Abadessa morta agora se transformava em um perfume pesado e requintado, como Musc e jasmim.

Nesse momento, as irmãs apavoradas, tendo ouvido a espantosa explosão de Doña Rosalinda, correram para a Torre, acompanhadas de Monseñor Rodriguez Zepeda, um padre de Madri. Tudo o que eles testemunharam foi o perfume, ou Odor da Santidade, como chamaram, e uma visão momentânea do menino alado que desapareceu pela escada em espiral do observatório e não foi mais visto. Claro que eles o consideraram um anjo.

O estranho fato de a Abadessa ter deixado apenas um pedaço de pele escura como restos mortais não impediu que as irmãs a proclamassem santa. Pelo contrário, elas sustentaram que ela havia ascendido ao Céu como a Virgem Santíssima, deixando apenas um anjo e o Odor da Santidade para trás. O pedaço de pele foi colocado entre rosas e lírios e, depois, enterrado em um magnífico caixão grande o suficiente para conter três Abadessas. O enterro foi realizado na cripta do convento, que creio já ter mencionado.

Monseñor Rodriguez Zepeda e cinquenta freiras testemunharam a cena depois da explosão da Abadessa, portanto qualquer testemunho que eu pudesse oferecer nunca teria mudado suas convicções de que os milagres eram realmente do Céu e não das profundezas do Inferno, como eu sem sombra de dúvida sei.

Esse documento foi escrito por Dominico Eucaristo De Seos, antigo confessor do Convento de Santa Barbara de Tartarus, queimado na fogueira aos noventa e sete anos por Ordem do Papa......... [Nome ilegível].

In te inimicos nostros ventilabimus cornu. Et in nomine tuo spernemus insurgentes in nobis. Cornu veru nostrum Christus est, idem et nomen Patris in quo adversaris nostri vel ventilantur vel spernuntur.

Uma nota de rodapé escrita em letras apertadas e tinta desbotada trazia as seguintes palavras:

Putrefactio sem a qual o triunfo da opus não poderia ser alcançado.
Cup e Pneuma para liberação de ss.
"E transformou minhas trevas em luz, e
rompeu pelo caos que me cercava."

———

Aqui termina o tratado de Doña Rosalinda.

Tendo pendurado um cobertor na janela, consegui ler todo o texto escondendo o fato de que a luz ficou acesa até de manhã.

Então essa era a história da Abadessa Piscando. Devo dizer que não fiquei desapontada, embora tenha achado sua desintegração final um tanto desoladora. Durante a narrativa, apeguei-me com afeto à Abadessa intrépida e enérgica. O fato de o padre bisbilhoteiro, Dominico Eucaristo Deseos, ter feito o possível para retratá-la sob uma luz perniciosa, mal distorceu a pureza de sua imagem original. Ela deve ter sido uma mulher memorável.

Eu estava ansiosa por fazer mais perguntas a Christabel Burns. Como, por exemplo, o retrato da abadessa chegou no continente americano e por que estava pendurado aqui na Instituição? Queria perguntar a Christabel depois do nascer do sol, assim que pudesse encontrá-la. No entanto, os acontecimentos se desenrolaram de tal maneira que eu não pude falar com Christabel por dias; durante esse período, poucas de nós teriam considerado qualquer outro assunto além das dramáticas circunstâncias que vou relatar agora.

Devido à minha leitura da história da Abadessa, dormi demais e fui acordada por Anna Wertz. Ela estava falando e gesticulando enquanto me acordava. Sendo um estado de agitação a condição habitual de Anna Wertz, não prestei muita atenção até que ela me entregou a corneta auditiva e a forçou, por assim dizer, na posição correta.

"Eu tinha acabado de passar para pedir seu conselho sobre um bordado que eu pretendia aplicar em um veludo que eu já tinha havia um tempo, um ótimo pedaço por si só, e parecia mesmo novo, embora eu devesse ter esse veludo antes de vir pra cá. Como você sabe, eu nunca tenho um tempo livre a fim de aproveitar um momentinho de lazer e eu gosto mesmo de ficar sozinha e costurar contas em algum tipo de flor sofisticada, mas não se pode esperar que as pessoas entendam que alguém tenha mais prazer de estar sozinha e trabalhar em algo inspirador do que simplesmente correr de um lado para outro em todo tipo de tarefa, que na verdade são responsabilidade de outras pessoas."

Batendo na mesa com a corneta auditiva, eu gritei: "Pelo amor da paz, Anna, vá direto ao ponto, o que você quer me dizer?". A experiência me ensinou que qualquer atitude diferente ao lidar com os monólogos de Anna estava fadada ao fracasso de antemão.

"Bem, você não precisa gritar, eu estava prestes a explicar como ela saiu correndo como um rolo compressor fugitivo e me agarrou, balbuciando, literalmente balbuciando, e antes que eu tivesse tempo de resistir, você sabe como ela é forte, ela me puxou para dentro do bangalô e, claro, a pobrezinha estava dura e morta, eu estava tão chocada..."

"Anna", eu gritei, agora completamente assustada, "DO QUE VOCÊ ESTÁ FALANDO?"

"Ora, sobre a Pobre Maude, você não consegue entender, ela morreu durante a noite, e estamos todas tão chateadas e como sei que você era amiga dela, aqui estava eu batendo na sua porta, mas nada parecia te acordar. Então a pobre Natacha, você sabe o quanto ela é sensível? Bem, ela teve que ser levada para a cama e está tão terrivelmente chocada e triste que o dr. Gambit teve que lhe dar comprimidos para dormir, ao menos três, embora eu nunca tenha notado que ela era uma grande amiga da Pobre Maude, você notou?"

Não, na verdade eu não tinha notado, mas então vi o doce de chocolate como uma aparição. Doce de chocolate com algo de um pacotinho e feito para outra pessoa. Pobre Maude, com suas delicadas blusas floridas e pó de arroz *Ame de rose*. Sua combinação de crêpe-de-Chine cor de pêssego, que todas nós invejávamos e que Maude levara seis meses para costurar. A tímida e sensível Maude, a única do nosso grupo que se parecia de alguma forma com a Velhinha Simpática da

Tradição, com cabelos brancos e macios, bochechas rosadas e dentes brancos. Falsos, claro, mas brancos.

Era fácil imaginar a pobre Maude sentada sob um pergolado de rosas em algum jardim do velho mundo cheio de malvas e lavandas, costurando combinações delicadas por toda a eternidade.

Fiquei profundamente chocada com a terrível notícia. Em especial porque eu poderia ter salvado sua vida se ao menos eu a tivesse avisado quando a vi saindo do iglu de Natacha e ido procurar atendimento médico na mesma hora.

Isso me colocou em uma situação terrivelmente embaraçosa. Deveria repetir o que tinha visto na cozinha entre Natacha e a sra. Van Tocht? Parecia óbvio que o melhor a fazer era informar o dr. Gambit, em especial porque Natacha e a sra. Van Tocht poderiam continuar com aquilo, tendo falhado em atingir sua vítima na primeira tentativa. Isso, é claro, faria o dr. Gambit se perguntar por que eu estava espiando pela janela, e não havia nenhuma explicação digna em que eu pudesse pensar. A ganância comum ou a bisbilhotice inquisitiva eram as conclusões óbvias. Talvez a sra. Van Tocht e Natacha fossem para o xilindró. Eu não conhecia o limite de idade para prisão, ainda mais em caso de assassinato; continuaria sendo assassinato, suponho, mesmo que elas tenham atingido a vítima errada. Na Inglaterra, sem dúvida, elas pegariam pena de morte, e nesse caso eu teria que arriscar a não dizer nada, pois ninguém poderia me convencer da moralidade de mandar alguém para morrer.

Todo o caso foi muito perturbador. Pobre Maude, eu poderia tê-la salvado.

Enquanto isso, eu já estava pronta, mas não sentia vontade de tomar café da manhã. Anna Wertz me dizia: "Poderíamos subir no telhado e olhar pela claraboia, há uma pequena escada na parte de trás do bangalô que é usada quando as calhas precisam ser limpas. Nunca parecem fazer isso, mas a escada ainda está lá. Gostaria de dar uma olhada na pobre Maude, porque nunca mais a veremos de novo. Uma mulherzinha tão frágil".

Anna estava sugerindo que subíssemos no telhado e espiássemos o cadáver de Maude. Horrível e desonesto, do ponto de vista de qualquer outra pessoa, mas quem poderia imaginar duas velhas empoleiradas num telhado?

Tivemos que abrir caminho entre os arbustos para podermos nos aproximar do bangalô sem sermos vistas. Parecia que estávamos brincando de escoteiros. A escada nos fundos do bangalô parecia assustadoramente antiga e a madeira estava podre. Anna Wertz, que havia parado de falar pela primeira vez desde que a conheci, começou a subir com cautela. Eu esperava que ela não considerasse imperativo fazer um discurso quando chegássemos lá em cima, pois a descoberta seria infame. Eu subi a escada rangente me arrastando nas solas de Anna Wertz. O telhado do bangalô era plano e tinha duas claraboias que emitiam luz para os cômodos abaixo. Nos posicionamos sobre a que dava uma visão perfeita do quarto de Maude. A morte havia convertido seu rosto em uma máscara estreita e irreconhecível, que de alguma forma me lembrava uma fatia fina de abóbora verde. Sua boca estava entreaberta, e ela olhava para nós com uma expressão meio de reprovação e meio de surpresa. Sua dentadura estava em um copo de água ao lado da cama. Isso explicava, suponho, a estreiteza de seu rosto. Ainda fofo, seu cabelo branco frisado caía sobre a face morta.

A sra. Van Tocht estava sentada a uma curta distância da cama. Seu rosto, uma massa de carne escorçada, não tinha nenhuma expressão, mas suas mãos pareciam estar machucando uma à outra numa agitação sem fim.

Uma mulher desconhecida vestindo um macacão cinza entrou carregando uma toalha, uma saboneteira contendo um pedaço de sabão de cozinha amarelo e um balde de água. Seus movimentos eram precisos e distantes. De forma metódica, ela tirou os lençóis, revelando o cadáver, que estava quase todo vestido. Os efeitos do doce envenenado devem ter começado antes que ela conseguisse vestir a camisola, coitadinha. Mais tarde, soube que ela não tinha ido jantar, informando à sra. Van Tocht que estava indisposta e sentia uma forte enxaqueca.

Ela deve ter morrido enquanto todas estavam jantando. Isso explicaria por que ninguém a ouviu chamar nos últimos momentos de agonia.

Agora a mulher de macacão cinza estava tirando as roupas de Maude. Ela fez isso com certa dificuldade, pois o rigor mortis deve ter se instalado durante a noite.

Um instante depois, Anna Wertz agarrava meu braço convulsivamente, e nós duas quase caímos pela claraboia na cena inacreditável que víamos abaixo. O cadáver rígido e despido de Maude era de um venerável cavalheiro idoso.

Nunca me lembrarei de como Anna e eu descemos a escada sem quebrar nossos pescoços. De alguma forma, demos um jeito. Vimos o dr. Gambit ao longe, correndo em direção ao bangalô duplo, e nos apressamos para abrir a maior distância possível entre nós e a câmara mortuária. Ao sairmos da vegetação rasteira, colidimos com Georgina Sykes alegando ter ouvido um búfalo sob os arbustos e parado para verificar. Anna Wertz desapareceu como se um lobisomem a perseguisse.

"E que diabos você estava fazendo nos arbustos com a Anna Wertz?", perguntou Georgina enquanto eu tirava galhos do meu cabelo. "Vocês pareciam búfalos africanos em debandada."

"Pelo amor de Deus, não grite tão alto", pedi angustiada. "Alguém pode te ouvir. Venha até o laguinho das abelhas e eu te conto tudo."

"A pobre Maude morreu de cirrose hepática aguda durante a noite", falou Georgina. "Os Gambits nos reuniram na sala de trabalho e nos aconselharam sobre como usar a morte para uma renovada Observação Autoconsciente. Ela não era uma menina, mas nunca pensamos que pode acontecer tão de repente."

Resolvi contar a Georgina todo o caso lamentável, pois comecei a suspeitar que a vida dela poderia estar em perigo. Comecei com cautela: "Maude não pode ter morrido de um problema no fígado, seu rosto estava com um aspecto saudável demais. As pessoas que morrem de cirrose têm a pele amarela como a da Natacha".

"Maude sempre lambuzava o rosto com gosma rosa", disse Georgina. "Você não poderia dizer se ela era azul-turquesa debaixo de tudo aquilo."

"Maude Somers não morreu de cirrose hepática." Tínhamos chegado ao laguinho, que estava deserto, a não ser pelas abelhas trabalhadoras. Nos sentamos num banco de pedra e contei a Georgina toda a história de como eu tinha visto a sra. Van Tocht e Natacha colocarem veneno no chocolate, como Maude tinha seguido Natacha e roubado o doce fatal. Depois, o episódio dramático no telhado do bangalô, quando descobrimos que a delicada e feminina Maude era, na verdade, um homem.

"Macacos me mordam!", disse Georgina, empalidecendo. "Aquele doce devia ser para mim. Ela tinha tudo arranjado."

O pequeno banquete de reconciliação que Natacha oferecera a Georgina próximo à cozinha fora um assassinato deliberadamente planejado.

"É melhor contarmos ao Gambit agora mesmo", disse Georgina. "Eles precisam chamar a polícia. Se estivéssemos nos Estados Unidos, as duas iriam para a câmara letal e seriam

fritas na cadeira elétrica. Eu não me importaria de pagar até dez dólares para assistir."

"Não há pena de morte aqui", eu disse a Georgina. "Mas eles podem fazê-las trabalhar como prisioneiras, quebrando pedras com picaretas e sendo chicoteadas por núbios colossais vestindo tangas vermelhas."

Georgina fez uma careta irônica. "Tudo o que vai acontecer é que elas vão receber uma boa sala de estar no xilindró para mulheres e vão dar festas com chocolate duas vezes por semana e sessões espíritas aos domingos."

"É claro que se eles provarem que a pobre Maude foi assassinada", constatei depois de alguma reflexão, "Natacha fingiria que fez o doce para envenenar os ratos de que falou."

"Quem já ouviu falar em fazer doce para pegar ratos?", respondeu Georgina. "As pessoas usam pedaços velhos de queijo estragado."

Saímos à procura do dr. Gambit, mas só conseguimos encontrar a esposa, que estava mexendo uma sopa de batata na cozinha.

"O dr. Gambit não receberá ninguém hoje. Acho que é muito frívolo de vocês duas pedirem um horário para falar de problemas pessoais quando o doutor está fora de si", disse a sra. Gambit com seu sorriso cerrado.

"É urgente", disse Georgina. "Precisamos vê-lo imediatamente."

"Mesmo assim, o dr. Gambit hoje não pode atender assuntos pessoais", respondeu a sra. Gambit. "Vou pedir que agora façam a limpeza de seus respectivos bangalôs e passem o dia de forma controlada e ordenada, apesar do triste acontecimento que perturbou nossa rotina habitual."

Obviamente era inútil insistir mais, e não conseguimos falar com o dr. Gambit até o dia seguinte, depois do funeral de Maude. Era uma pena, pois eles sem dúvida teriam todo o trabalho de desenterrá-la novamente, mas não havia mais nada que pudéssemos fazer.

Enquanto isso, caminhávamos pelo jardim discutindo o assunto de todos os ângulos possíveis.

"Quem teria sonhado que Maude era, na verdade, um homem disfarçado?", perguntei a Georgina. "Todas aquelas combinações e blusas delicadas. Você não está chocada?"

"Não estou nem um pouco surpresa", disse Georgina. "Eu sabia que Maude era na verdade um homem desde que ela chegou."

"Como você poderia ter sabido disso?", exclamei com espanto. "Ela parecia mais uma mulher do que qualquer uma de nós."

"Conheci Arthur Somers quando ele tinha uma loja de curiosidades em Nova York", contou Georgina. "Mas não tinha razão nenhuma para revelar seu segredo, visto que ele nunca me fez mal algum. Por que escolheu um nome tão horrível como Maude era problema dele."

"Mas por que ele se trancaria em um asilo de senhorinhas?", perguntei. "Com certeza poderia ter encontrado algo mais divertido. Ele tinha um pouco de dinheiro guardado, acho."

"Bem, já que você conhece a parte mais importante da história, posso muito bem contar a coisa toda. Não vai fazer mal nenhum ao pobre Arthur agora.

"Anos atrás, Arthur Somers comprou uma lojinha na Oitava Avenida e a encheu com todo tipo de lixo repulsivo que ele chamava de curiosidades; eu morava na casa ao lado, com o gato abissínio de que falei. Costumava aparecer de vez em quando e conversar com Arthur sobre meus problemas, e nos tornamos bem próximos. Depois de um tempo, descobri que as antiguidades do nosso Arty eram apenas uma fachada para um pequeno negócio clandestino. Ele vendia pequenas alfineteiras cor-de-rosa ou azuis cobertas de renda e recheadas de maconha.

"Levei muito tempo para descobrir por que seus clientes, que volta e meia eram uns brutos, compravam tantos acessórios delicados de bordado. O próprio Arthur fazia as almofadas de alfinetes. Foi como se tornou tão habilidoso com costura. Ele tinha um pequeno negócio muito acolhedor. As pessoas gostam de fumar maconha, faz bem a elas.

"Um belo dia, ele alugou um dos três quartos em cima da loja para uma paisagista chamada Veronica Adams, sim, a mesma Veronica Adams que agora vive na bota de cimento perto do cogumelo em que mora a Marquesa. Ela continua pintando todos aqueles metros de papel higiênico. Bem, naquela época, ela era uma mulher linda e Arthur se apaixonou loucamente por ela. Nem cobrava o aluguel. A relação romântica deve ter feito Arthur se descuidar, porque ele começou a vender alfineteiras cor-de-rosa para a polícia de Nova York por engano. As coisas começaram a ficar difíceis e Arthur sem dúvida teria ido parar em Sing Sing ou algo parecido se não fosse avisado a tempo por Olho-Doido Johnson, que administrava um bar clandestino em Greenwich Village. Então Arthur e Veronica cruzaram a fronteira e abriram uma boate em Laredo. Verônica pintava suas paisagens sempre que tinha tempo livre. Ela também fazia striptease nos sábados à noite quando havia clientes o bastante. Eu nunca a vi se apresentar, mas é uma ideia e tanto olhando para ela agora. Devia usar penas de avestruz e miçangas. Acho que foi o Arthur quem fez as fantasias.

"Então eles decidiram ficar por lá, desde que Veronica atraísse clientes. Mais tarde, conseguiram se aposentar e, depois de passar alguns anos na Argentina, vieram para cá. Arthur achava que um lar para senhoras era um bom final para uma vida tão ativa. O coitado do Arthur nunca conseguiu se livrar da enrascada de dividir um bangalô com a sra. Van Tocht. Foi um golpe triste, mas ele acabou se acostumando. Ele sempre prezou pelas virtudes do recato, de modo que a sra. Van Tocht, intrometida como é, nunca descobriu o segredo. Até agora, pelo menos. Eis uma versão reduzida da história de Arthur Somers, que nunca esperou ser assassinado num asilo para senhorinhas, embora pudesse muito bem ter sido assassinado em quase qualquer outro lugar."

Georgina parecia triste ao pensar no passado, e fiz um esforço para mudar de assunto. "Fico pensando, como é o gosto de maconha?", perguntei, mas ela não ouviu. Talvez estivesse pensando em Arthur e Veronica Adams. Talvez estivesse pensando no abissínio.

O funeral de Arthur ou Maude foi apressado. Nenhum parente ou amigo apareceu, por isso contou apenas com a presença do dr. e sra. Gambit. Ninguém descobriu o que pensavam de Arthur ou Maude ser um homem. Não chegaram a mencionar isso na frente da comunidade. Veronica continuava pintando os rolos de papel higiênico. Estava tão encurvada que não podíamos ver seu rosto ou imaginar se ela sofria com a perda de seu antigo amor.

No meu caso, passei uma noite muito ruim, me preocupando com o que deveria dizer ao dr. Gambit e tremendo de apreensão quando pensava na trama sinistra de Natacha e da sra. Van Tocht. Não se esperaria esse tipo de problema em um asilo para senhorinhas senis.

O dr. Gambit recebeu Georgina e eu pouco antes da hora do almoço. Seu rosto rechonchudo parecia incomumente cinza e ele se contorcia de nervoso.

"Escutem", ele nos disse irritado, "qualquer tipo de conselho geral quanto ao Trabalho pode ser tratado com a sra. Gambit. Estou muitíssimo ocupado. Por favor, sejam diretas."

"Acalme-se", disse Georgina com sua coragem habitual. "Maude Somers foi assassinada, ela nunca teve cirrose hepática."

O dr. Gambit soltou algo como um guincho rouco e então, recuperando-se, falou: "Georgina, você deve trabalhar com afinco para controlar sua imaginação doentia".

"A imaginação doentia que se dane!", disse Georgina. "Apenas ouça a história da sra. Leatherby do que ela viu pela janela da cozinha."

Então contei a minha história.

"Agora", disse o dr. Gambit, "se você já terminou, posso dizer que nunca ouvi uma difamação tão bizarra em toda a minha vida. Estou chocado sobretudo com Georgina, que já está no Trabalho há anos. Vocês duas são vítimas da imaginação doentia, um dos vícios mais profundamente enraizados na criatura humana. Vou preparar alguns exercícios particulares para que possam superar essa terrível doença psicológica."

"Você deve estar louco", falou Georgina com raiva. "Fica aí gritando coisas de psicologia enquanto todas nós podemos ser envenenadas em qualquer refeição. Van Tocht e Natacha deveriam ser levadas para a cadeira elétrica."

"Isso", disse o dr. Gambit levantando-se de sua cadeira, "é o bastante, sra. Sykes. Vou providenciar para que você receba um sedativo."

"E o veneno de rato que a sra. Gambit comprou para Natacha?", perguntei. "Com certeza você vai ao menos pedir a ela alguma explicação."

"A sra. Gonzalez", falou o dr. Gambit com altivez, "é uma mulher extraordinária, com um grau altíssimo de poderes extrassensoriais. Seria impossível para você ou Georgina Sykes entender o mecanismo delicado da mente dela. Essa fofoca abusiva que vocês inventaram só mostra que estão fermentando de Inveja.

"E agora vou desejar que tenham um bom dia. A sra. Gambit lhe dará um sedativo." Ele abriu a porta e nos empurrou para fora do consultório.

Georgina e eu tínhamos imaginado todo tipo de reação, mas estávamos totalmente despreparadas para um muro de descrença absoluta. Não tivemos nada a dizer por quase cinco minutos. A ideia de abordar a sra. Gambit com nosso relato do assassinato não nos trazia esperança.

Durante todo o almoço, continuei lançando olhares furtivos à sra. Van Tocht e a Natacha; Georgina e eu não comemos quase nada. Não parecia seguro.

À tarde, me disseram que eu tinha uma visita e corri para a sala reservada a encontros durante a semana. Minha surpresa e alegria foram infinitas quando vi Carmella, muito elegante em um longo vestido de tweed.

A telepatia de Carmella lhe avisara que algo estava errado. Ela havia sonhado comigo dançando uma valsa vienense com um oficial.

"Dançar em sonhos significa poder oculto ou encrenca", ela explicou. "Então eu sabia que você devia estar com algum problema."

Levei Carmella ao meu lugar preferido, o laguinho das abelhas, e ali contei toda a história de como a pobre Maude-Arthur havia sido assassinada por engano e de como temíamos que esse engano pudesse ser corrigido a qualquer momento.

"Vou resolver isso num instante", falou Carmella, que estava vasculhando uma grande cesta coberta que havia trazido.

"Enquanto isso, é melhor eu te dar os biscoitos de chocolate e o vinho do Porto antes que alguém chegue. Coloquei o Porto numa garrafa térmica, caso alguém examinasse a cesta. Também tenho uma lima grande, para as barras de ferro. Não parece haver nenhuma, mas nunca se sabe. Você pode ser atacada, e então seria útil."

"Que gentileza sua, Carmella. Eu gostaria de ter algo para te dar também, mas nunca saímos."

"Não importa", falou Carmella. "Os gatos estão bem, então sua única preocupação, tanto quanto posso ver, é o fato de que pode ser assassinada a qualquer momento, seja por erro ou por intenção, e do seu ponto de vista meio que não faria diferença. Claro que você precisa avisar todas as possíveis vítimas no local. E então, já que o dr. Gambit se recusa a agir, todas vocês devem fazer uma greve de fome."

Era uma ideia realmente maravilhosa, embora não fosse inconcebível que o dr. e a sra. Gambit pudessem se sentar e assistir tranquilamente enquanto todas nós morríamos de fome. Compartilhei meus receios.

"Não precisa se preocupar. Irei aos jornais se o pior acontecer."

Eu podia ver as manchetes. *Lar de Senhorinhas Repleto de Esqueletos*, ou algo assim, em espanhol. Não era um pensamento agradável, nem uma solução do nosso ponto de vista. No entanto, ser envenenada talvez fosse pior do que morrer de fome. E essa opção tinha um remédio simples, pois morávamos num lugar onde podíamos conseguir comida. Disse a Carmella que achava a greve de fome um excelente plano.

"Você deve convocar uma assembleia geral à meia-noite à luz de tochas", continuou Carmella, "e dizer a todas que elas estão ameaçadas por uma assassina louca, que não vai parar por nada até atingir sua vítima. Então você distribui porções dos biscoitos que eu trouxe para você. Isso deve manter sete ou oito pessoas vivas por quase uma semana. A essa altura, o dr. Gambit terá cedido."

"E se o dr. Gambit simplesmente se sentar e nos assistir morrer de fome?", perguntei.

"Então", explicou Carmella, "você simplesmente diz a ele que estou de posse de todas as informações, e que se eu não receber uma carta sua dentro de dez dias tornarei o assunto público."

"Devo tomar cuidado para que a sra. Van Tocht e Natacha não peguem os biscoitos", falei.

"Vamos escondê-los sob as tábuas do piso do seu quarto", respondeu Carmella prontamente. "Vamos fazer isso logo, estou ansiosa para ver o Farol onde você mora, com os móveis falsos."

Durante a caminhada até o Farol, Carmella examinou com curiosidade as outras casas. "Apesar de sua carta", ela observou, "a realidade quase supera a descrição artística. Por que são feitas em formas tão horríveis? Estragam o jardim, que ficaria muito bonito e relaxante sem nada disso."

"O dr. Gambit escolhe cada bangalô de acordo com o que ele chama de vibrações de azimute da natureza inferior; fiquei com o Farol porque era o único que restava. A sra. Gambit diz que mereço viver numa couve-flor cozida, mas eles não mandaram fazer uma."

"Que ideia diabólica", falou Carmella. "Eles devem ser sádicos."

"Precisamos observar o funcionamento de nossa própria natureza desagradável", continuei, me acalorando com o assunto. "O dr. Gambit diz que o único caminho para a salvação é a Auto-Observação. Também fazemos alguns exercícios complicados."

Chegando ao Farol, fechamos a porta com cuidado. Não havia chave, por isso a bloqueamos com uma cadeira. Então, pendurando uma coberta sobre a janela, começamos a procurar uma tábua solta do piso. Não foi muito difícil, dado o estado decrépito do bangalô.

"Agora é melhor eu ir embora", disse Carmella. "Eles podem ficar desconfiados se passarmos muito tempo trancadas aqui. Lembre-se de todos os detalhes da greve de fome. A reunião deve ser à meia-noite. Se você conseguir uma bandeira de caveira e ossos cruzados, seria de grande ajuda. Pode improvisar tochas com galhos de salgueiro e lençóis rasgados em tiras e mergulhados em óleo. Se possível use óleo de cobra, o odor é estimulante.

"Uma vez que sejam informadas de que há duas envenenadoras à solta e que qualquer uma de vocês pode morrer com convulsões assustadoras depois de uma refeição, todas ficarão felizes em colaborar. Escolha um local isolado no jardim. O laguinho das abelhas estaria bem escondido da casa e dos olhares das assassinas.

"É claro que isso é uma espécie de motim, e se forem descobertas pelas autoridades podem usar metralhadoras contra vocês. Um carro blindado seria o mais adequado, ou mesmo um tanque pequeno, embora possa ser difícil consegui-los. Você seria obrigada a pedir a colaboração do exército. Não tenho certeza se eles emprestam tanques, embora possam ter um antigo. De todo modo, a reunião deve acontecer com o maior sigilo. Se você conseguir que as pessoas venham encapuzadas seria melhor, porque assim elas não seriam reconhecidas, a menos que fossem capturadas e torturadas."

Carmella repetiu esse conselho várias vezes, depois se despediu com algumas instruções finais, como colocar franco-atiradores nas árvores ao redor do laguinho das abelhas, instalar estações de rádio secretas e uma série de postos de observação com tambores que transmitiriam mensagens codificadas.

Depois da estimulante visita de Carmella, me senti bem animada e feliz. Não demorou muito para que eu encontrasse Georgina, a quem comuniquei de imediato nossos planos, omitindo alguns dos pontos menos práticos, como os tanques, o óleo de cobra, as estações de rádio secretas e os franco--atiradores. Enfatizei a greve de fome como algo não apenas recomendável, mas urgentemente necessário.

"Eu não poderia ter pensado em uma ideia melhor", disse Georgina. "Devemos fazer a reunião hoje à noite. Depois do jantar, todas podem fingir que vão para seus bangalôs, como de costume, e quando os Gambits, Van Tocht e Natacha estiverem bem acomodados, saímos e nos encontramos no laguinho."

"É melhor informarmos Veronica Adams, a Marquesa, Christabel e Anna Wertz para que saibam mais ou menos por que estamos nos reunindo e não contarem nada a Natacha e à sra. Van Tocht", falei. "Vamos dizer que estamos com dor de estômago e não conseguimos jantar. Pode até ser uma boa maneira de iniciar a greve de fome."

Assim acordado, partimos para contar às outras senhoras os nossos planos.

O jantar naquela noite foi um evento bastante lúgubre. As únicas pessoas a comer eram o dr. Gambit, a sra. Van Tocht e Natacha. A sra. Gambit havia se recolhido cedo com uma aspirina e uma dor de cabeça forte. O restante de nós nos sentamos e os observamos comer. A tensão era terrível.

"Não vou tentar descobrir por que todas vocês perderam o apetite", falou dr. Gambit ao final da refeição. "No entanto, direi isto. Queixas histéricas não têm lugar no Trabalho.

A doença psicossomática mata com a mesma eficácia que qualquer outra doença física. Se vocês permitirem que seus centros inferiores tomem conta de seu organismo, logo se tornarão vítimas de uma deterioração em massa que pode ter sérias consequências."

Com isso, ele limpou a boca com um guardanapo e o enrolou no porta-guardanapos de osso que todas nós usávamos. Guardanapos lavados todos os dias teriam tornado a conta de lavanderia excessiva, de acordo com a sra. Gambit.

A recreação noturna no salão não durou como de costume. Todas ficaram aliviadas quando o dr. Gambit tocou a campainha e nos retiramos para nossos respectivos aposentos.

A Abadessa olhava para nós com seu sorriso sarcástico.

Não havia lua naquela noite, mas felizmente tínhamos velas deixadas em cada bangalô para as ocasiões em que a eletricidade falhava, como quase sempre acontecia.

Quando estávamos reunidas no laguinho das abelhas, devia ser por volta das onze e meia. As circunstâncias eram tão inusitadas que mal notei o fato curioso de que algumas abelhas ainda zumbiam sobre a água parada turva da fonte. Eu as escutei em alguma parte adormecida de minha consciência, embora desde então tenha me perguntado se não seria alguma peculiaridade acústica produzida por minha corneta auditiva.

Comecei a reunião com uma enumeração completa dos fatos, todos comprovados por Georgina. Em seguida, biscoitos foram distribuídos e houve uma discussão geral.

Concordamos que uma greve de fome era de longe a solução mais prática, embora houvesse certa dúvida sobre quanto tempo meu estoque de biscoitos de chocolate nos manteria vivas.

Para combater o ar frio da noite, trouxe a garrafa térmica cheia de vinho do Porto doce, e a passávamos uma para as outras de vez em quando. Teria sido uma reunião muito agradável se não estivéssemos sob a ameaça da fome que enfrentaríamos.

"Também tenho um estoque de biscoitos doces que ficaria contente em deixar à disposição da comunidade", disse Christabel Burns. "Trouxe no bolso um biscoito para cada uma, pois também tinha percebido nossa condição depois de me recolher sem jantar. O estoque é um pouco limitado, então só trouxe um biscoito para cada pessoa. Felizmente a sra. Leatherby também tem um estoque privado de biscoitos de chocolate, que são muito nutritivos. Precisamos aguentar um bom tempo, pelo menos até que o dr. Gambit seja sensato o bastante para expulsar Natacha e a sra. Van Tocht da Instituição."

Christabel entregou a cada uma de nós um biscoito, cuidadosamente embrulhado em um papel macio. Eram tão pequenos que cada um mal renderia uma mordida.

"Vocês encontrarão um pedaço de papel em cada biscoito com sua sorte escrita nele", disse Christabel. "Sugiro que cada uma de nós leia a própria sorte."

Todas mordemos nosso biscoito e lemos nossos papéis. Estávamos sentadas em círculo ao redor do laguinho. A ordem era no sentido da lua. Veronica Adams, a Marquesa, Anna Wertz, Georgina, Christabel Burns. Eu fui a última.

"Embora você tenha perdido a esperança, encontrará o Amor Verdadeiro outra vez", leu Veronica Adams.

"A batalha está quase vencida, não se distraia sem necessidade. A vitória está próxima." Era para a Marquesa.

"Labuta e Problemas nem sempre serão o seu caminho. Uma grande mudança está por vir, tenha o coração tranquilo." Anna Wertz estava prestes a fazer algum comentário, mas Christabel ergueu a mão pedindo silêncio, tendo sido aceita de comum acordo como a chefe da reunião. As velas tremularam com uma leve brisa.

"Sua coragem e boa vontade logo terão uma recompensa. Não tenha medo daqueles que lhe fazem mal, pois logo cairão em desgraça", leu Georgina, gargalhando de alegria. A seguinte foi Christabel, que leu: "Devoção e serviço a uma causa sagrada é o seu destino".

Desdobrei o meu papel e li: "Socorro! Sou prisioneiro na torre". Houve uma pequena pausa e Christabel, como que para evitar mais discussões, puxou um timbale bem pequeno de debaixo do xale e começou a batucá-lo em intervalos rítmicos. Começamos balançando a cabeça no mesmo compasso, depois os pés. Logo estávamos dançando ao redor do laguinho, agitando nossos braços e nos comportando de uma maneira muito estranha. Na época, nenhuma de nós parecia ver nada de incomum em nossa dança esquisita. Nenhuma de nós se sentia cansada. Até Veronica Adams, que tinha quase cem anos, brincava com tanta alegria quanto o restante de nós. Eu nunca havia experimentado a alegria da dança rítmica, mesmo nos tempos do foxtrote nos braços de algum jovem pretendente. Parecíamos inspiradas por algum poder maravilhoso, que derramava energia em nossas carcaças decrépitas.

Christabel começou a cantar no ritmo de seus tambores:

Belzi Ra Ha-Ha Hécate a Chegar!
Desça a nós ao som do meu batucar
Inkalá Iktum meu pássaro é toupeira forte
Para cima o Equador e para baixo, o polo Norte.
Eptàlum, Zam Pollum, o poder do crescimento
Aí vêm as Luzes do Norte e um bando de gansos imensos
Inkalá Belzi Zam Pollum o Tambor a batucar
Alta Rainha de Tartarus Apresse-se em Chegar.

Esse canto foi repetido várias vezes até que uma nuvem se formou sobre o lago redondo e todas nós gritamos em uníssono: Zam Pollum! Ave Ave Rainha de todas as Abelhas!

Então pareceu que a nuvem se tornou uma enorme abelha, do tamanho de um carneiro. Ela usava uma coroa alta de ferro cravejada de pedras de cristais, as estrelas do submundo.

Tudo isso pode ter sido uma alucinação coletiva, embora ninguém ainda tenha me explicado o que de fato significa ter uma alucinação coletiva. A monstruosa Rainha Abelha girou devagar sobre a água, batendo suas asas cristalinas tão depressa que emitiam uma luz pálida. Quando ela me encarou, fiquei emocionada ao notar uma súbita e estranha semelhança com a Abadessa. Nesse momento, ela fechou um olho, do tamanho de uma xícara de chá, em uma piscadela prodigiosa.

Então ela lentamente desapareceu, começando por seu ferrão farpado e terminando pelas pontas de suas antenas encaracoladas. Um cheiro delicioso de mel silvestre permaneceu no ar.

Por alguma razão milagrosa, ninguém ouviu nossa festa. Nos recolhemos aos nossos respectivos bangalôs sem interpelações, caindo num sono profundo e sem sonhos. Antes de partirmos, Christabel disse que nos encontraríamos de novo em três dias, à meia-noite.

Por mútuo e silencioso consentimento, nunca discutimos a aparição de Zam Pollum, a Alta Rainha das Abelhas. No entanto, estávamos cheias de coragem e de determinação para levar a cabo o nosso propósito.

É claro que não era fácil passar por todas as refeições sem sentir sequer o gosto de uma migalha de pão. Sob a observação cada vez mais inquietante do dr. Gambit, éramos obrigadas a renovar nossos esforços dia a dia. A fome também era algo difícil de lidar, pois dois biscoitos por dia não constituíam uma dieta sólida. O dr. Gambit nos dava um sermão todos os dias, sem sucesso. Estávamos convictas.

A sra. Gambit não se cansou de fazer comentários cáusticos através de seu sorriso agonizante. Nenhuma de nós conversava com Natacha ou com a sra. Van Tocht e notei que elas começaram a parecer abatidas com o passar do tempo. Passaram a rondar juntas e aparecer em lugares inesperados, na esperança, com certeza, de ouvir nossas conversas. Fomos extremamente prudentes, e até Anna Wertz começou a falar frases curtas em voz baixa.

Outra questão tornou a greve de fome cada vez mais difícil. O tempo de repente ficou tão frio que a geada brilhava sobre o jardim todas as manhãs. Era um acontecimento estranho num país abaixo do trópico de Câncer. Perto do meio-dia, a geada derretia ao sol, mas os dias continuaram a ficar mais frios e em nossa condição de subnutrição sofremos demais. Nenhuma de nós tinha casaco de pele, então andávamos por ali tremendo embaixo de cobertores. Apesar das dificuldades, a geada branca e cintilante trouxe uma estranha alegria ao meu coração, e pensei na Lapônia.

Havíamos desistido de nossas tarefas matinais na cozinha, apesar dos esforços feitos pela sra. Gambit de mobilizar assistência. Como não comíamos nada, também não podíamos ser forçadas a trabalhar. Tivemos muito tempo para passear conversando, sonhando ou, às vezes, pensando. Volta e meia eu me perguntava sobre a mensagem que havia recebido no biscoito. Quanto mais eu pensava nisso, mais urgentes pareciam aquelas palavras enigmáticas: "Socorro! Sou prisioneiro na torre".

Sempre suspeitei que alguém morasse na torre, mas não tinha a menor ideia de quem poderia ser.

Um dia, encontrei Christabel enquanto procurava gravetos para fazer uma fogueira. Havíamos passado a acender fogueiras no jardim para nos mantermos aquecidas durante a hora do almoço. Aproveitei para devolver a História da Abadessa e fazer algumas perguntas. Como, por exemplo, o retrato de Doña Rosalinda veio parar no continente americano?

"Isso aconteceu durante a Guerra Civil Espanhola", respondeu Christabel, "um refugiado espanhol chamado Don Alvarez Cruz de la Selva o trouxe para o país quando escapou dos fascistas. Ele deve ter sido descendente de Doña Rosalinda e viveu aqui por alguns anos até que morreu e a casa foi tomada pelos Gambit."

"Eles compraram a casa ou alugaram?", perguntei a Christabel.

"Os Gambits alugam a casa de Alberto de la Selva, filho do proprietário original, que agora administra uma mercearia na cidade."

"Eles também alugam a torre?", perguntei de repente, e notei que Christabel fez uma breve pausa antes de responder: "A torre nunca é usada pelos Gambits. Na verdade, metade dela é inacessível, porque a escada que leva à sala da torre foi emparedada, deixando apenas uma pequena janela gradeada na parede para permitir a ventilação".

"Christabel", eu disse. "Quem mora na torre?"

"Não tenho permissão para lhe dizer", falou Christabel. "Isso é algo que você tem que descobrir por si mesma. Existem três enigmas que você precisa responder antes de poder entrar na torre. O primeiro é:

"Eu tenho manchas brancas na cabeça e no traseiro
Em todas as estações, é rotineiro
No meio da pança, está muito quente
Dou voltas e voltas com pernas ausentes.

"O segundo enigma diz respeito ao primeiro e se apresenta da seguinte forma:

"Eu nunca me mexo enquanto você rodopia
Me sento e assisto sem gritaria
Se inclina o bastante, seus confins vão para o meio
Confins novos surgem, os velhos perdem esteio
Sem pernas de apoio, um rodopio de plebeu
Pareço me mexer, mas que nada, quem sou eu?

"Se você encontrar a resposta para o primeiro enigma, deve encontrar a solução para o segundo. O terceiro, porém, não é tão fácil, embora ainda diga respeito ao primeiro e ao segundo. Veja:

"Uma delas gira enquanto a outra assiste
Ainda que os confins mudem, algo sempre persiste
Uma vez na vida de uma montanha ou uma rocha
Eu voo como um pássaro, um pássaro que desabrocha
Quando os confins forem outros, acabará minha prisão
Observadores que dormiam agora acordarão
E sobre essa terra, voltarei a voar
Quem é minha mãe? Como me chamar?

"Se você encontrar a resposta para esses enigmas, descobrirá quem vive na torre."

O tempo havia esfriado tanto que nos apressamos em pegar mais gravetos para a fogueira. O restante do nosso grupo, incluindo Georgina, Veronica Adams, a Marquesa e Anna Wertz, tinha feito uma grande fogueira no gramado, e elas estavam fervendo água recolhida direto da nascente, que tinha um leve sabor de enxofre. A Marquesa arranjara chá, o que era um grande luxo para nós.

"Como nos velhos tempos", disse a Marquesa alegre. "Subornei o jardineiro para comprar chá e, como ele aceitou, aproveitei para pegar dois quilos de açúcar."

"Açúcar", dissemos em coro. "Oh, bravo!" Dois quilos de açúcar salvariam nossa vida, pois algumas de nós sofriam tanto de desnutrição que temíamos pegar uma pneumonia. O açúcar nos daria energia e ajudaria a nos manter aquecidas. O chá adoçado era o elixir mais delicioso que eu já tinha provado.

À tarde, houve uma leve nevasca e nos encolhemos sob quaisquer cobertas que pudéssemos encontrar. A sra. Gambit foi a cada bangalô nos dizendo que o dr. Gambit queria ver todas reunidas na sala, ele tinha algo especial a dizer. Ela estava tão extraordinariamente educada que nos sentimos alarmadas.

"Por favor, sentem-se", disse o dr. Gambit quando estávamos todas presentes, incluindo Natacha e a sra. Van Tocht. "O que tenho a dizer não vai demorar muito, mas vocês podem se acomodar, pois temo que algumas possam ter perdido as forças durante os últimos dias.

"Ao que parece, há algum motivo que as impede de comer no refeitório da maneira habitual. Fiz o que pude para persuadi-las a se alimentar, sem sucesso. Devido ao tempo excepcionalmente frio, a falta de alimentação adequada pode fazer com que vocês corram riscos de que não se dão conta.

"Durante esses dias de comportamento incompreensível, vocês isolaram duas integrantes da comunidade, Natacha Gonzalez e a sra. Van Tocht, causando-lhes grande sofrimento. Essas duas mulheres admiráveis e altamente espirituais ficaram tão magoadas com a atitude agressiva do restante da comunidade que se comunicaram com suas respectivas famílias, que estão chegando para removê-las da Instituição essa noite."

Houve aplausos, mas o dr. Gambit continuou falando sem dar atenção. "O resultado lamentável da atitude de vocês em relação às duas únicas pessoas aqui que se beneficiaram do Trabalho será uma perda irreparável para a Instituição. Só posso esperar que seu remorso futuro acabe sendo agudo o bastante para fazer com que percebam a grande injustiça que fizeram com suas duas companheiras. Isso é tudo por ora. Espero ver todas sentadas em seus lugares e comendo como de hábito na hora do jantar."

Georgina, muito corajosamente, se levantou e fez o seguinte discurso como nossa porta-voz: "Dr. Gambit, minhas companheiras e eu não temos nenhum remorso de que as duas mulheres que consideramos uma ameaça pública estejam sendo retiradas de nosso meio. Nos reuniremos na hora das refeições quando tivermos certeza absoluta de que a comida que estamos comendo não foi adulterada. Isso se dará vinte e quatro horas depois que elas forem embora e depois que passarmos a supervisionar a preparação de nossas próprias refeições. Como essas refeições serão organizadas no futuro será decidido por votação, já que a maioria de nós não quer mais ouvir seus sermões aborrecidos enquanto comemos".

Os óculos do dr. Gambit reluziram. A sra. Gambit se levantou, arrastando a cadeira. "Georgina Sykes", ela disse asperamente, esquecendo de sorrir, "ainda não chegou o dia de você dirigir esta Instituição. Nossa rotina seguirá seu curso normal a partir de amanhã."

"Isso vai ser uma questão entre você, o dr. Gambit e o restante de nós", rebateu Georgina. "Porque não temos nenhuma intenção de nos deixar ser intimidadas por sua rotina brutal nunca mais. Embora a liberdade tenha nos chegado um pouco tarde, não temos intenção de abandoná-la outra vez. Muitas de nós passamos a vida com maridos dominadores e rabugentos. Quando enfim fomos libertadas deles, passamos a ser manipuladas por nossos filhos e filhas, que não apenas não nos amavam mais como nos consideravam um fardo e motivo de constrangimento e vergonha. Você acredita, mesmo nos seus sonhos mais selvagens, que agora que provamos a liberdade vamos nos deixar ser pressionadas por você e por seu companheiro depravado?"

Um estremecimento percorreu a sra. Gambit, mas o médico falou primeiro: "Vamos adiar essa discussão, é inútil e irrelevante", disse ele e saiu apressado da sala, seguido de perto pela sra. Gambit, por Natacha e pela sra. Van Tocht.

Estávamos prestes a sair para nossos bangalôs e uma porção noturna de chá açucarado que iríamos desfrutar na bota de Veronica Adams quando uma funcionária me disse que a sra. Velazquez estava esperando por mim na sala. Carmella, claro. E esse foi o motivo de o dr. Gambit mudar de posição. De alguma forma, nunca acreditei que ele cederia por bondade. A sra. Gambit, imaginei, deve ter achado o espetáculo de nossa greve de fome uma maneira agradável e econômica de manter as despesas baixas na cozinha.

Carmella estava sentada na sala, envolta em uma capa de pele de carneiro que parecia quente e confortável. "Carmella", exclamei, "você tem mesmo um sexto sentido para vir na hora certa. Estávamos com os três últimos biscoitos restantes, e se a Marquesa não tivesse conseguido açúcar ficaríamos sem comer por doze horas."

"Como não tive notícias suas", disse Carmella, "comecei a me preocupar. Criei um plano brilhante. Fiz uma breve entrevista com o dr. Gambit, dizendo que minha sobrinha escreve para o jornal (na verdade, duvido que ela saiba escrever, embora seus bolos sejam saborosos) e que ela estava ficando interessada na greve de fome na Instituição para senhorinhas. Até insinuei o motivo que havia provocado o motim. Além disso, eu disse que se as duas infratoras fossem removidas da comunidade eu estaria disposta a alugar o bangalô duplo e pagar o dobro do preço que elas pagavam por comida e hospedagem. Acredito que foi a última parte do argumento que virou sua posição a meu favor. Seus óculos brilharam com ganância."

"Para alguns assuntos você tem um faro genial", falei, encantada que Carmella se tornasse um membro da comunidade. "Mas onde você vai arranjar todo esse dinheiro?"

"Tesouro enterrado", disse Carmella misteriosamente. "Encontrei um tesouro debaixo das tábuas do piso do banheiro dos funcionários no quintal."

Era quase impossível dizer se ela estava falando sério ou brincando. Tesouros enterrados no banheiro dos funcionários não eram impossíveis, mas raros, muito raros mesmo.

"Que tipo de tesouro?", perguntei intrigada. "Moedas espanholas, joias de ouro indianas ou apenas rios de diamantes e rubis?"

"Eu desenterrei uma mina de urânio por engano", explicou Carmella. "Você se lembra que eu lhe disse em minha carta que tinha pensado em fazer uma passagem subterrânea de lá de casa até a Instituição? Bem, eu tinha começado a cavar silenciosamente, no local mais isolado que pude encontrar, e desenterrei uma mina de urânio. Minha sobrinha e eu estamos milionárias, estou pensando em comprar alguns cavalos de corrida."

"Sério, Carmella", falei, sem saber no que acreditar. "As coisas mais extraordinárias acontecem com você. Imagino que tenha comprado um helicóptero, como sempre quis."

"Na verdade", disse Carmella, com dignidade, "apenas comprei uma limusine. Venha dar uma olhada." Em frente à entrada principal havia um automóvel enorme e moderno pintado num tom de lilás que eu sabia que era a cor favorita de Carmella. Na direção, via-se um chofer chinês num uniforme preto polvilhado com flores cor-de-rosa. Ele nos saudou respeitosamente.

Eu estava tão tomada pela surpresa que só podia me perguntar se a greve de fome estava provocando alucinações.

"Majong", ordenou Carmella ao chofer, "traga o caixote de sardinhas e as cinco dúzias de garrafas de Porto doce." O chofer saltou do carro e tirou um caixote do porta-malas, que começou a tocar catatonias sardanas, o tipo de música favorita de Carmella, ao ser aberto.

Enquanto Carmella e eu andávamos à frente, Majong, o chofer, carregava o caixote luxuoso, recheado com cem latas de sardinhas portuguesas autênticas, para o meu bangalô.

A neve que começou a cair durante a tarde tornou-se mais pesada, e o jardim já estava branco.

"Tempo extraordinário para essa época do ano", comentou Carmella. "Dá para a gente achar que está na Suécia. Dizem que se a Terra se inclinasse as calotas nos polos derreteriam e o equador formaria novas capas de neve, estando no lugar onde antes estavam os polos."

Uma grande luz brilhou em minha mente, o enigma, é claro.

Eu tenho manchas brancas na cabeça e no traseiro
No meio da pança, está muito quente
Dou voltas e voltas com pernas ausentes.

A resposta, é claro, era a Terra. Por que eu não tinha pensado nisso logo de cara? Então, de repente, senti medo. E se a ideia da minha mãe de que Monte Carlo ficava no equador e que a neve em Biarritz significava que os polos estavam mudando fosse mesmo uma profecia? Os efeitos de tal mudança seriam desastrosos para muitos habitantes do planeta. Minha cabeça ferveu.

"Quando eu voltar amanhã", falou Carmella, "trarei mantos de pele de carneiro, iguais aos meus, e botas de cano alto. É um milagre que vocês não tenham morrido de frio."

"Você não deve gastar toda a sua fortuna de uma vez", eu disse. "Seria horrível se você ficasse sem nada em uma semana."

"Não importa", respondeu Carmella. "Tenho milhões. Eu não poderia gastar tudo mesmo se eu quisesse. Imagine, comprei o maior e mais elegante salão de chá de toda a cidade apenas como um presente para minha sobrinha."

"Mas por que você não compra um palácio luxuoso na cidade em vez de vir aqui, onde não há luxo algum?"

"Gosto de companhia", disse Carmella. "Além disso, trarei o luxo comigo. Como aquela montanha que foi andando atrás de alguém cujo nome não consigo lembrar."

"Foi a floresta de Dunsinane, e Shakespeare que disse que ela andou", falei, me perguntando se poderia estar enganada.

"Floresta ou montanha, não importa", disse Carmella, enquanto observávamos Majong organizar as garrafas de vinho do Porto ordenadamente ao longo das paredes do Farol. Ele pousou a preciosa caixa de sardinhas sobre a mesa.

"Está tão frio aqui", falou Carmella, "que vou deixar meu manto para você."

"Por favor, não, eu ficaria muito envergonhada", repliquei, esperando que ela deixasse mesmo assim.

"Tenho um belo tapete de pele de urso no carro", explicou Carmella. "Majong!"

"Sim, Madame."

"Vá e pegue o tapete de pele de urso do carro. Estou deixando meu manto com a sra. Leatherby. Ela pegará pneumonia se dormir aqui essa noite sem proteção adequada."

"Sim, Madame." Ele saiu enquanto eu protestava debilmente. O frio era mais intenso, e parecia aumentar de hora em hora.

"Eu acredito mesmo que as calotas polares estão mudando de lugar", disse Carmella. "Tenho quase certeza de que haverá fome, então vou fazer compras amanhã de manhã e trazer suprimentos. Sem dúvida, em breve estaremos lutando contra matilhas de lobos famintos." Ela pareceu satisfeita com aquele pensamento e elaborou mais: "É claro, os elefantes que vivem na África e na Índia teriam que voltar a ter pelos compridos e se tornarem mamutes novamente para sobreviver ao frio. A flora e a fauna de tipo tropical seriam incapazes de se adaptar e pereceriam. Fico mais triste pelos animais. Por sorte, a maioria tem pelos que crescem rápido, e os animais carnívoros teriam muitos humanos para comer, todas aquelas pessoas que não viram o que estava por vir e morreram diante da exposição ao frio. É tudo culpa daquela terrível bomba atômica da qual estavam tão orgulhosos".

"Você quer dizer que estamos entrando em outra era do gelo?", perguntei, sem qualquer alegria.

"Por que não? Aconteceu antes", argumentou Carmella. "Devo dizer que sinto que é justiça poética se todos esses governos horríveis morrerem congelados nos seus respectivos palácios governamentais ou parlamentos. Na verdade, eles estão sempre sentados na frente de microfones, então há uma boa chance de que todos congelem até a morte. Isso seria uma boa mudança, depois de empurrar as nações pobres para a matança total desde mil novecentos e catorze.

"É impossível entender como milhões e milhões de pessoas obedecem a uma coleção doentia de cavalheiros que se autodenominam 'Governo'! A palavra, imagino, assusta as pessoas. É uma forma de hipnose planetária e muito insalubre."

"Isso vem acontecendo há anos", falei. "E apenas poucos ousaram desobedecer e fazer o que chamam de revoluções. E quando venceram suas revoluções, o que às vezes aconteceu, fizeram outros governos, às vezes mais cruéis e estúpidos do que os anteriores."

"Os homens são muito difíceis de entender", disse Carmella. "Vamos torcer para que todos congelem até a morte. Tenho certeza de que seria muito agradável e saudável para os seres humanos não se submeterem a qualquer autoridade. Eles teriam que pensar por si mesmos em vez de serem sempre informados quanto ao que devem fazer e pensar por anúncios, cinemas, policiais e parlamentos."

A essa altura, Majong havia voltado com o tapete. Carmella me deu seu manto e saiu enrolada no tapete, apoiada no braço de seu chofer chinês.

"Estarei aqui ao meio-dia amanhã", falou por cima do ombro. "Faça com que esterilizem aquele bangalô duplo. As vibrações devem estar um bocado insalubres depois do assassinato."

Carmella desapareceu na noite e, confortavelmente envolta no manto quente, eu saí para convidar as senhoras para uma orgia de sardinhas e vinho do Porto.

As portas do bangalô e do iglu de Natacha estavam abertas e a neve invadia os cômodos vazios. Natacha e a sra. Van Tocht tinham partido. Para onde elas foram, nunca descobrimos e nenhuma de nós fez muita questão de descobrir.

Ao amanhecer, levantei-me e olhei para fora. Ainda estava nevando, e o jardim pálido parecia lindo. Fiquei surpresa ao ver várias senhoras caminhando em direção ao prédio principal tão cedo. Talvez tivessem decidido tomar o café da manhã no refeitório, já que Natacha e a sra. Van Tocht tinham ido embora. Era difícil acreditar que estivessem tão famintas, pois havíamos jantado majestosamente, comendo várias latas de sardinhas cada uma, regadas com um ótimo vinho do Porto. Um verdadeiro banquete. No entanto, depois de tantos dias de jejum, talvez ainda tivessem muito apetite. Eu me vesti devagar pensando nos dois enigmas que ainda não tinha resolvido.

Eu nunca me mexo enquanto você rodopia
Me sento e assisto sem gritaria

Agora, o que poderia ser isso? Se o primeiro verso se referia à Terra, o segundo, talvez, se referisse ao Sol? É mesmo uma possibilidade, já que o Sol parece de fato se mover, ainda que a terceira linha insista outra vez que os "confins" do Sol mudam:

Se inclina o bastante, seus confins vão para o meio
Confins novos surgem, os velhos perdem esteio

O meio obviamente significava o equador, e os novos confins seriam novos polos formados no antigo equador. Se isso fizesse sentido e não fosse uma obscuridade gratuita para dificultar as coisas, então o Sentinela Sentado que parece se mexer, mas não se move, não poderia ser o Sol. Os polos não precisam mudar de lugar com o equador para fazer o Sol parecer se mover, isso já acontece.

Sem pernas de apoio, um rodopio de plebeu
Pareço me mexer, mas que nada, quem sou eu?

O que era isso? E por que a Terra rodopiante seria como um plebeu?

Não conseguia encontrar a resposta e, na verdade, me sentia velha demais para encher minha cabeça com enigmas. Irritada, enrolei-me no grande manto de pele de carneiro e saí para a neve. O sol ainda não havia nascido, o amanhecer parecia extraordinariamente longo, mas o céu estava nublado e isso teria obscurecido o sol de todo modo.

A neve estava quase na altura dos meus joelhos, mas estava pulverulenta e seca devido ao frio intenso. Me senti um pouco culpada por usar um manto tão bonito e quente quando as outras estavam embrulhadas em todo tipo de cobertores velhos. Se Carmella não trouxesse mais mantos, pensei que poderíamos fazer coletes com esse manto grande. Isso manteria os brônquios de todo mundo aquecidos. Distúrbios torácicos em nossa idade não devem ser encarados com leviandade.

O único ponto no jardim que continuava verde era um círculo perfeito em torno das rochas afundadas onde uma fonte de água morna saltava do subsolo. Aquele círculo verde ao redor das profundezas escuras e quentes parecia curiosamente antinatural na extensão da neve. Os Gambits, pensei, deveriam ter construído uma casa de banho onde pudéssemos tratar nossas articulações reumáticas. A água sulfúrica deve ser boa para o reumatismo, não? Talvez não gostassem de gastar tanto dinheiro numa propriedade que não era deles. O proprietário, no entanto, poderia ter feito um bom spa, tendo uma fonte quente natural na propriedade. Talvez ele já ganhasse o bastante na sua mercearia.

A Marquesa me alcançou e dividimos o manto. Seu rosto estava azul-cobalto de frio.

"É inexplicável", ela gritou no meu ouvido esquerdo.

"É, eu nunca tinha visto um clima tão instável nessa época do ano", respondi, ajustando minha corneta auditiva, que agora sempre carregava pendurada numa corda ao estilo Robin Hood.

"Não é instável", disse a Marquesa, "eu disse inexplicável!"

"Sim, é mesmo inexplicável, embora espere que os geólogos façam relatórios satisfatórios e incompreensíveis", respondi. "Tanta neve abaixo do trópico de Câncer deve ser muito incomum."

"Não só a neve", respondeu a Marquesa, "mas também o fato de que agora são onze horas da manhã e o sol ainda não nasceu!"

O que restava do meu cabelo grisalho esparso se arrepiou. O sol não havia nascido. Algo realmente cataclísmico devia estar acontecendo. Eu estava apavorada, mas também animada.

A lareira foi acesa na sala, e todas as senhoras se aglomeraram em torno do calor com canecas de café. Discutíamos o fenômeno com animação.

"Espero que os leões-marinhos migrem para cá", Anna Wertz estava dizendo, "eles são tão inteligentes. Poderíamos ensinar-lhes truques no jardim e eles comeriam as sardinhas."

"Se o sol estiver mesmo desaparecendo", falou Georgina, "a única vida que restará nesse planeta será o fungo ártico, e mesmo ele acabará desaparecendo um dia." A preocupação geral e imediata dizia respeito ao vestuário. Propus que cortássemos o manto em partes, caso Carmella esquecesse de trazer outros como havia prometido. Concordamos que isso ao menos protegeria nossos brônquios.

"Levaria algum tempo antes dos enormes ursos-polares chegarem aqui", continuou Anna Wertz, sua cabeça parecia ter coagulado em animais árticos. "Os enormes ursos-polares podem ser inimigos formidáveis, embora eu mesma acredite que todos os animais são amigáveis se tratados de forma não agressiva. É só ter uma atitude gentil mas cautelosa em relação a eles, deixando uma tigela de leite à noite ou uma fatia de bacalhau salgado, eles gostam muito. Pouco a pouco, poderiam se deixar acariciar, e até dormir mesmo dentro dos bangalôs, o que nos aqueceria um bocado. Um ou dois ursos-polares do tamanho de cavalos comuns podem gerar muito calor."

"Falando em calor", disse Georgina, "sugiro que mudemos nossas camas para cá durante a noite e mantenhamos o fogo aceso, caso contrário nenhuma de nós viverá para contar a história. Podemos ser os últimos seres humanos sobreviventes na Terra."

O relógio de bronze sobre a lareira sugeria que já era meio-dia, mas o pálido sol não ficou mais claro e a neve caía sem arrefecer. Lá fora, as árvores já estavam envergando, e uma ou duas bananeiras haviam desabado sob o peso da neve.

Anna Wertz foi até a cozinha e pegou um pão seco que jogou na varanda para os pássaros.

"Eles sentem tanto frio, coitados, e não têm nada para comer." É verdade que alguns pombos, pardais e corvos estavam andando na neve lá fora procurando alimento. Nas árvores, os pássaros começavam a gorjear e depois paravam, indecisos se era manhã ou noite. Nós também mal poderíamos dizer se não fosse pelo relógio de bronze.

Georgina tinha trancado todas as portas, caso fôssemos visitadas pelo dr. Gambit, que poderia se opor ao fogo aceso.

"Se ele vier agora com aqueles sermões ridículos", disse Georgina, "é melhor amarrá-lo e amordaçá-lo. Afinal, são apenas dois contra seis."

Comecei a me preocupar com Carmella, que tinha prometido chegar ao meio-dia. As estradas já estariam cobertas de neve e poderia ser difícil passar de carro.

Talvez ela tivesse dormido demais, pensando, como eu, que era madrugada.

Mais e mais pássaros se aglomeravam no gramado, e os mais audaciosos saltavam para a varanda e começavam a catar as migalhas. Nos surpreendemos ao ver um tucano e alguns papagaios chegarem, e também aves marinhas como gaivotas, pelicanos e pequenos grous brancos que viviam na costa nos trópicos.

Logo estávamos de pé na janela observando a cena. Na penumbra pálida nem sempre era possível distinguir as aves, mas as que se aproximavam o bastante eram visíveis em contraste com a neve.

De repente, a campainha da porta da frente soou alto e os pássaros mais próximos da casa voaram assustados. Fui para a frente acompanhada de Georgina. Ficamos felizes de ver a limusine lilás de Carmella.

"Abra a porta", disse ela, pondo a cabeça em uma das janelas. "Devemos estacionar no jardim e usar os faróis, pode não haver eletricidade por algum tempo."

Percebi que ela usava uma linda peruca lilás nova para combinar com o carro. Caía melhor nela, pensei, do que a outra, que era de um vermelho intenso. Com muito esforço e chiado, Georgina e eu conseguimos abrir as grandes portas duplas que, sem dúvida, tinham permanecido fechadas desde a morte de Don Alvarez de la Selva. Majong entrou com o carro no pátio, onde ele deslizou e parou. A neve já estava funda demais para entrar no jardim.

"O carro vai ficar bem ali", expliquei a Carmella, "porque ocupamos a sala e não pretendemos permitir que os Gambits entrem. A menos, é claro, que venham em paz."

"Excelente", disse Carmella. "Se ficarmos num só lugar, será mais fácil economizar combustível."

Majong tinha aberto o porta-malas, que tocava sardanas em tom melodioso, e já estava tirando todo tipo de coisa.

O interior do carro também estava cheio até o teto com capas de pele de carneiro, botas de cano alto, lamparinas, óleo, guarda-chuvas, casacos, blusas tricotadas, vasos de flores com plantas e doze gatos agitados entre os quais reconheci os meus com alegria.

Quando Carmella abriu a porta, todos os gatos saltaram do carro e correram silvando raivosamente em todas as direções. "Eles logo vão se acostumar e vir para a casa", disse Carmella. "Tomei o cuidado de deixar um pouco de bacalhau seco dentro do meu manto para que possam me encontrar pelo cheiro. Eles não vão se perder."

Enquanto Majong carregava as coisas para dentro de casa, Carmella marcava cada item de uma longa lista que trazia na mão.

"Esporo de cogumelo. Feijão, lentilha, ervilha seca e arroz. Sementes de ervas, biscoitos, conservas de peixe, vinhos doces diversos, açúcar, chocolates, marshmallows, ração de gato enlatada, creme facial, chá, café, caixa de remédios, farinha, pastilhas de violeta, sopa enlatada, saco de trigo, caixa de ferramentas, picareta, tabaco, cacau, esmaltes etc." Havia recursos o bastante para enfrentar uma guerra.

"Assim que o céu clarear, usaremos o planisfério", ela falou. "E então saberemos exatamente o que está acontecendo. Durante os últimos três meses, fiz amizade com um estudante de astronomia que me explicou como ele funciona."

"Você pode ter razão quanto à mudança dos polos", eu disse, pensando nos estranhos enigmas que Christabel me dera para resolver. "O sol não nasceu de verdade desde ontem de manhã."

"É surpreendente como as pessoas se tornam amigáveis quando você tem dinheiro", refletiu Carmella. "O astrônomo, na verdade, queria se casar comigo, mas como ele tinha apenas vinte e dois anos, achei que seria imprudente. De todo modo, não quero mesmo me casar outra vez."

Empilhamos todos os suprimentos na sala. Não estava muito quente lá dentro, mas o estoque de madeira que a sra. Gambit havia reunido no armário não era grande, e dificilmente duraria mais um dia ou uma noite. Não havia carvão, porque antes o fogo à noite bastava para manter o calor.

Carmella deu a todas mantos de pele de carneiro, botas de cano alto, meias de lã e gorros. Parecíamos uma gangue de exploradores do polo Norte que ficou presa por meio século no círculo Ártico.

"Majong se encarregará da cozinha", disse Carmella. "É um cozinheiro maravilhosamente econômico."

"E a sra. Gambit?", disse Georgina. "Ela estará protegendo a cozinha com a própria vida."

"Vamos ver, talvez ela fique contente de não ter mais todo trabalho nas costas."

Então nos instalamos na sala. A noite começou a cair por volta das quatro da tarde, e a neve parou.

Pouco a pouco, as nuvens foram se dissipando, revelando um magnífico céu limpo, escuro e estrelado. Carmella descompactou o planisfério e saímos para o jardim a fim de examinar as estrelas. O planisfério era um disco de papelão com um mapa das estrelas visto da nossa parte do globo, sobre o qual girava outro disco de plástico que tinha as estrelas não visíveis de onde estávamos. Havia o que parecia ser um complicado sistema de meses e horas ao redor da circunferência de papelão, que de alguma forma correspondia às estrelas. No centro havia um pequeno buraco.

Carmella manipulou o disco com eficiência, encontrando a data e a hora sem dificuldade.

"A estrela Polar deve ser vista através do centro do disco", ela explicou. "É assim que se encontram as posições dos outros corpos celestes, que estão todos em movimento. A estrela Polar só parece se mover se os polos da Terra se inclinarem o suficiente para fazer uma mudança completa em suas posições magnéticas."

Uma voz na minha cabeça que não parecia me pertencer cantou:

Eu nunca me mexo enquanto você rodopia
Me sento e assisto sem gritaria
Se inclina o bastante, seus confins vão para o meio
Confins novos surgem, os velhos perdem esteio
Sem pernas de apoio, um rodopio de plebeu
Pareço me mexer, mas que nada, quem sou eu?

A estrela Polar, é claro. Sem o planisfério, eu nunca teria pensado nisso. Muito embora me lembrasse de terem falado que o centro precisava ser fixado na estrela Polar quando compramos o planisfério.

Carmella examinava o disco à luz de uma tocha. A estrela Polar já havia sido encontrada, mas nenhuma das outras constelações estava em seus lugares certos.

Curiosos lampejos pálidos iluminavam o céu. Não havia um sopro de vento, mas as árvores balançavam e montes de neve despencavam dos galhos até o chão. Então vimos a casa se mover contra o céu. As árvores balançaram com uma força que poderia ter sido um vento forte. No entanto, o ar frio estava parado. Fendas surgiram na neve, a casa gemeu como se estivesse com dor e ouvimos objetos caindo.

"Um terremoto!", gritou Georgina, agarrando Veronica Adams. "Olhem para a torre!"

Aquela parte do prédio de repente ficou avermelhada e brilhante, como se estivesse pegando fogo. A grande torre de pedra balançou de um lado para outro, então o ar foi rasgado com o som de um estalo poderoso e as paredes se abriram como um ovo que se quebra. Uma língua de fogo saiu da fenda como uma lança e uma criatura alada que poderia ser um pássaro emergiu. Parou por um instante na borda da torre despedaçada e testemunhamos, por um segundo, uma criatura extraordinária. Ela brilhava com uma luz intensa que emanava de seu próprio corpo, o corpo de um ser humano todo coberto de penas reluzentes e sem braços. Seis grandes asas brotaram e tremularam, prontas para voar. Então, com uma gargalhada estridente, a criatura saltou no ar e voou para o norte, até que se perdeu de vista.

Uma vez na vida de uma montanha ou uma rocha
Eu voo como um pássaro, um pássaro que desabrocha

Sephira, mas quem era a Mãe de tal Filho?

Vi Christabel me olhando com um sorriso curioso, e sem mais ponderação, falei: "A Terra é a resposta para o primeiro enigma. A segunda é a estrela Polar, e a terceira é Sephira, cuja Mãe não conheço".

Ela deu uma gargalhada alta, que ninguém além de mim ouviu porque todas estavam olhando para o Sephira de seis asas.

"Siga-me", disse ela, "e você conhecerá a Mãe de Sephira, que agora escapou para semear pânico entre as nações:

"Observadores que dormiam agora acordarão
E sobre essa terra, voltarei a voar
Quem é minha mãe? Como me chamar?"

Deixamos o grupo olhando para o céu e seguimos para a torre. Tudo ficou muito quieto, e o céu estava nublado, preparando-se para mais neve. Focos de fumaça saíam da grande rachadura quando nos aproximamos, e pensei que devia estar pegando fogo. Entramos pela porta que fora arrancada das dobradiças pela força do terremoto. Um forte cheiro de enxofre e ácido sulfúrico pairava no ar.

"Para Cima ou para Baixo?", perguntou Christabel quando entramos. Uma escada em caracol levava ao topo da torre. Parte dos degraus desmoronou, e pela grande rachadura na parede o céu noturno agora era visível, movendo-se com as nuvens que se acumulavam. Aos nossos pés, escancarava-se uma abertura por onde os degraus desapareciam na escuridão abaixo. Um vento quente que soprava do subsolo bafejou em nossos rostos.

Para Cima ou para Baixo? Antes de responder, me inclinei e tentei olhar para a escuridão. Não conseguia ver nada.

Então, ergui os olhos e vi algumas estrelas brilhando entre os pedaços rasgados de nuvens. Parecia imensamente distante e muito frio.

"Para Baixo", respondi enfim, por causa do vento quente que soprava de dentro da terra. Cair em um crematório ainda era melhor do que morrer congelada no topo da torre.

Eu teria voltado, mas a curiosidade era mais profunda do que o medo.

"Você deve descer sozinha", disse Christabel, e antes que eu pudesse responder ela desapareceu noite adentro.

Se não fosse aquele frio eu poderia ter voltado. Estava apavorada. Nesse momento, um vento congelante soprou sob meu manto, o que me fez começar a descer a escada de pedra, bem devagar.

Os degraus eram bastante largos. Mas eu tinha medo de cair, porque estava tudo tão escuro. Eu não podia nem sequer enxergar a minha própria mão. No entanto, tateando na escuridão, encontrei a parede e me apoiei nela enquanto descia.

Por um tempo, os degraus levaram direto para baixo. Então cheguei a uma curva fechada onde a parede era arredondada e lisa, como se muitas mãos a tivessem esfregado, assim como a minha. Quando virei a curva com cautela, a escuridão foi substituída por um brilho bruxuleante como a luz do fogo. Quando desci mais uns vinte degraus, o chão se nivelou em uma longa galeria que dava para uma câmara grande e redonda escavada na rocha. Pilares esculpidos sustentavam um teto arqueado que era levemente iluminado pelo fogo no centro da câmara. O fogo parecia queimar sem combustível, saltando direto de uma cavidade no chão de pedra.

Na extremidade mais afastada da galeria, um último lance de degraus conduzia à grande câmara redonda. Quando cheguei ao pé da escada, senti o cheiro de enxofre e ácido sulfúrico. A caverna era quente como uma cozinha.

Ao lado das chamas, estava sentada uma mulher mexendo um grande caldeirão de ferro. Ela me parecia familiar, embora eu não pudesse ver seu rosto. Algo nas roupas e na cabeça inclinada me fez sentir que já a havia visto muitas vezes. Quando me aproximei do fogo, a mulher parou de mexer e se levantou para me cumprimentar. Quando nos encaramos, senti meu coração dar um salto convulsivo e parar. A mulher que estava diante de mim era eu mesma.

É verdade que ela era menos encurvada do que eu e por isso sua forma parecia um pouco mais longilínea. Ela poderia ser cem anos mais velha ou mais jovem, ela não tinha idade. Suas feições eram idênticas às minhas, mas sua expressão era muito mais alegre e inteligente. Seus olhos não eram turvos nem injetados, e ela agia com desembaraço.

"Você demorou muito para chegar. Estava com medo de que nunca viesse", disse ela. Eu só podia murmurar e assentir com a cabeça, sentindo minha idade me esmagando como um monte de pedras.

"O que é este lugar?", enfim perguntei, tremendo toda, meus joelhos dobrando e desmoronando sob meu peso.

"Isso é o Inferno", disse ela com um sorriso. "Mas o Inferno é só uma questão de terminologia. Na verdade, esse é o Ventre do Mundo, de onde todas as coisas vêm." Ela parou e me olhou interrogativamente. Percebi que ela esperava que eu fizesse perguntas, mas minha mente estava tão entorpecida quanto um naco de carneiro congelado. Uma pergunta surgiu em minha mente e, embora parecesse absurda, projetei-a em palavras: "Quem eu teria conhecido se tivesse subido ao topo da torre?".

Ela riu, e eu ouvi minha própria risada, embora nunca pudesse ter soado tão alegre.

"Quem sabe? Talvez muitos anjos tocando harpa, ou o Papai Noel."

As perguntas começaram a se formar, sem minha permissão pularam na minha mente, cada uma parecia mais boba que a outra. "Qual de nós sou eu de verdade?", falei em voz alta.

"Isso é algo que você deve decidir primeiro", disse ela. "Quando você decidir, te direi o que fazer."

"Então você gostaria que eu decidisse qual de nós sou eu?", ela perguntou, e eu pensei que parecia muito mais inteligente do que eu, então respondi: "Sim, senhora, por favor, decida, minha cabeça não está tão clara como de costume essa noite".

Ela me olhou de cima a baixo, da cabeça aos pés, e depois dos pés à cabeça, de forma que me pareceu bastante crítica e enfim disse, como se para si mesma: "Tão velha quanto Moisés, feia como Sem, resistente como uma bota e não faz mais sentido que um pino de boliche. No entanto, a carne é escassa, então pule dentro".

"O quê?", eu disse, esperando ter entendido errado. Ela assentiu muito séria e apontou para a sopa com a longa colher de pau. "Pule no caldo, a carne é escassa nessa época."

Assisti em silêncio horrorizado enquanto ela descascava uma cenoura e duas cebolas e as jogava na panela espumante. Nunca desejei ter uma morte gloriosa, mas jamais imaginei terminar como um caldo de carne. Havia algo sinistro e paralisante na maneira esquisita como ela descascava os legumes que deixariam meu caldo mais saboroso.

Então, afiando a faca no chão de pedra e sorrindo amigavelmente, ela se aproximou de mim. "Não está com medo, certo?", ela disse. "Ora, não vai demorar nada, e no fim das contas é sua própria escolha. Ninguém fez você vir aqui, não é?"

Tentei assentir e me afastar ao mesmo tempo, mas meus joelhos tremiam tanto que, em vez de ir em direção à escada, me aproximei cada vez mais do caldeirão. Quando eu estava bem ao alcance, ela de repente enfiou a faca pontiaguda nas minhas costas e com um grito de dor pulei direto na sopa fervente e me contorci num momento de intensa agonia com minhas companheiras de aflição, uma cenoura e duas cebolas.

Um estrondo forte seguido de outros barulhos e lá estava eu do lado de fora da panela mexendo a sopa na qual eu podia ver meu próprio corpo, pés para cima, fervendo tão alegremente quanto qualquer pedaço de carne. Adicionei uma pitada de sal e alguns grãos de pimenta e, em seguida, servi uma porção no meu prato de pedra. A sopa não era tão boa quanto um bouillabaisse, mas era um ótimo ensopado comum, perfeito para o tempo frio.

De um ponto de vista especulativo, eu me perguntava qual de nós era eu. Sabendo que havia um pedaço de obsidiana polida em algum lugar da caverna, olhei em volta, com a intenção de usá-lo como espelho. Sim, lá estava ela, pendurada no seu canto habitual, perto do ninho de morcego. Olhei para o meu reflexo. Primeiro, vi o rosto da Abadessa de Santa Barbara de Tartarus sorrindo para mim com sarcasmo. Ela desapareceu e então vi os olhos enormes e as antenas da Rainha Abelha, que piscou e se transformou em meu próprio rosto, que parecia um pouco menos devastado, devido à superfície escura da obsidiana.

Afastando o espelho, vi uma mulher de três faces cujos olhos piscavam alternadamente. Um dos rostos era preto, um vermelho, um branco, e pertenciam à Abadessa, à Rainha Abelha e a mim mesma. Claro, isso pode ter sido uma ilusão de ótica.

Senti-me muito bem e revigorada depois do caldo quente e, de alguma forma, profundamente aliviada, assim como me senti há muito tempo, depois de ter extraído o último dos meus dentes. Enrolei o manto de pele de carneiro no corpo e subi os degraus de pedra assobiando uma melodia de Annie Laurie que pensava ter esquecido anos atrás.

Muito tempo parecia ter se passado desde que alguém descera os degraus mancando pela primeira vez, e agora eu estava subindo para o mundo superior tão ágil quanto uma cabra-montesa. A escuridão não era mais uma terrível armadilha mortal onde a qualquer momento eu poderia ser precipitada para a morte.

Estranhamente, eu podia enxergar no escuro como um gato. Eu fazia parte da noite, como qualquer outra sombra.

Lá fora, a neve voltara a cair em abundância e já havia salpicado de branco toda a Instituição destruída. A casa desmoronou, deixando apenas duas paredes irregulares acima da pilha decomposta. O edifício deve ter caído depois do segundo terremoto, que logo sucedeu o primeiro. Contemplei as ruínas pacificamente.

Minhas companheiras tinham feito uma grande fogueira no gramado coberto de neve, e estavam dançando ao redor dela ao som do tambor de Christabel. Era uma forma prática de se manterem aquecidas.

Os Gambits deviam estar enterrados em algum lugar sob os destroços, mas nada se movia, e os montes de pedra e argamassa eram suavemente cobertos de neve.

Senti-me exultante e misteriosa e me juntei às minhas companheiras na dança ao redor do fogo. Agora era impossível dizer a hora, pois o dia havia se fundido com a noite sem que o sol sequer tivesse nascido.

"Gostou da sopa?", chamou Christabel enquanto batia seu tambor, e as outras riram e repetiram: "Gostou da sopa?".

Então entendi que elas sabiam de tudo o que havia acontecido na câmara da caverna sob a torre. Estávamos aquecidas e paramos de dançar para recuperar o fôlego.

"Como vocês sabem que eu bebi o caldo?", perguntei a elas e todas riram.

"Você foi a última a descer lá", explicou Christabel. "Todas já tínhamos ido para o submundo. Quem você encontrou?"

Eram perguntas rituais e compreendi que devia dizer a verdade.

"Encontrei a mim mesma."

"Quem mais?", perguntou Christabel, enquanto minhas companheiras batiam as mãos ritmicamente.

"A Abadessa de Santa Barbara de Tartarus e a Rainha Abelha", respondi. Então, com curiosidade repentina, perguntei: "Quem vocês encontraram?".

E todas falaram juntas: "Nós mesmas, a Rainha Abelha e a Abadessa de Santa Barbara de Tartarus!".

Então também me juntei ao riso estridente, e voltamos a dançar ao som do tambor.

Ninguém sabia quanto tempo se passara antes que o sol nascesse outra vez, mas ele nasceu, uma luz branca pálida perto do horizonte brilhando num mundo transformado pela neve e gelo.

Como resultado do terremoto, ruínas brancas dominavam a paisagem. Não havia uma casa inteira à vista e muitas árvores tinham sido arrancadas. Majong, o chofer de Carmella, sobreviveu ao desastre. Ele se refugiara na limusine violeta, que teve apenas o motor esmagado. Gatos nervosos surgiram de diferentes cantos, mas todos os doze estavam inteiros e ilesos. Dedicamos as horas de luz do sol para buscar, entre as ruínas da casa, qualquer alimento que pudéssemos encontrar.

Transportamos tudo para a câmara da caverna, que estava quente do fogo que queimava nas rochas. Christabel explicou que aquilo era um gás natural e queimava eternamente. A fonte termal que borbulhava no jardim acima tinha sua fonte nas rochas sob a torre. Não havia sinal de sopa, mas um caldeirão de ferro fora de uso estava perto do fogo. Uma folha de obsidiana polida hexagonal pendia na parede, e todas nós sabíamos que servia de espelho.

Dias e noites foram distribuídos de forma desigual. O sol nunca atingia seu zênite, mas afundava por volta do meio-dia. A Terra parecia mancar em torno de sua órbita, buscando equilíbrio na nova ordem.

Logo estávamos bem acomodadas na câmara da caverna, acompanhadas por todos os gatos e Majong, que começara a falar apenas em chinês. Havia uma certa quantidade de comida, embora tivesse sido impossível retirar muitas das caixas sob os destroços do prédio. Alguns sacos de lentilhas e trigo, esporos de cogumelos e marshmallows esmagados eram mais ou menos a extensão dos nossos recursos.

A limusine violeta não tinha mais conserto e não teria sido muito útil naqueles vários metros de neve. Muitas vezes saíamos da caverna mas não víamos seres humanos, embora houvesse muitos pássaros e animais. Veados, pumas e até macacos vieram das montanhas e vagavam pela região em busca de comida. Não pensamos em caçá-los. A Nova Era Glacial não deveria ter início com a matança de nossos semelhantes.

Majong transportou terra para a caverna, que ele extraiu de perto da fonte quente, onde a neve era macia e não congelava como em todos os outros lugares. Fizemos um grande jardim de cogumelos, que cresceu com aquele calor e umidade. Isso nos garantia a parte principal de nossa dieta, e reservamos cuidadosamente uma seção para os esporos, para que as colheitas não diminuíssem. De vez em quando, plantávamos trigo e comíamos quando germinava, mas sem luz do sol era impossível cultivá-lo. Um dia, vimos algumas cabras pastando ao redor da fonte termal, onde alguns galhos e um pouco de grama ainda cresciam acima da neve. Esse feliz acontecimento forneceu leite fresco aos gatos e a nós também. Tiramos galhos das árvores para dar de comer às cabras, e elas se juntaram a nós mais tarde na caverna, saindo de vez em quando para procurar comida.

Cada vez que o sol nascia, íamos às ruínas em busca de comida, e essas excursões eram vez ou outra recompensadas com sardinhas esmagadas ou alguns punhados de arroz.

Certa madrugada, não usávamos mais a palavra dia, eu estava ocupada cavando debaixo de alguns torrões congelados que pareciam uma peça de mobília quando tive uma visão tão incomum que assustou um bando de corvos na parte leste do muro.

Caminhando pela trilha tênue que antes fora uma estrada, vinha o carteiro. Ele usava um uniforme comum e carregava uma bolsa de cartas. O objeto mais notável era o violão pendurado no ombro. "Bom dia", disse ele, "tenho correspondência para esse endereço", e me entregou um cartão-postal do Marble Arch com alguns guardas reais.

Esse documento impressionante dizia:

Tds. em excelente saúde, apesar do tempo mt. frio. Uma vista e tanto de patinadores no Canal. A senhora e eu assistimos ao hóquei no gelo bem perto de Dover Cliffs. Esperando encontrar tds. em b. saúde

respeitosos cumprimentos, Margrave

"É claro que a correspondência não é mais tão rápida, já que tive que trazer muita coisa da Inglaterra", disse o carteiro. "Vim a pé, ou melhor, de esqui."

"Há sobreviventes?", perguntei.

"Não muitos", disse o carteiro. "A maioria das grandes cidades é saqueada por abomináveis pessoas das neves. Não fazem mal nenhum, estão apenas procurando comida como todo mundo."

"Você deveria descer e tomar um copo de leite morno", falei. "Teremos todo prazer de ouvir qualquer notícia. Não vemos nenhum outro ser humano há muito tempo."

"Tudo bem por mim", disse o carteiro, me seguindo e esfregando as mãos.

Lá embaixo, na caverna, Anna Wertz cozinhava alguns cogumelos com leite de cabra, enquanto Georgina e Veronica Adams faziam uma roca para tecer lá de cabra. Logo se juntaram a nós Carmella, a Marquesa, Christabel e Majong, que estavam numa excursão em busca de vegetais enterrados. Eles haviam encontrado algumas cenouras e feno congelado para as cabras.

"Meu nome é Taliesin", disse o carteiro. "Venho levando mensagens por toda a minha vida, que tem sido longa."

Anna Wertz lhe deu uma xícara de cogumelos com leite. Ele se acomodou junto ao fogo e começou a falar: "Todas as nações e mares foram sacudidos por terremotos, que foram tão violentos que nenhuma casa, castelo, casebre ou igreja ficou de pé. Tudo isso aconteceu depois de dias de neve e escuridão. Em algumas regiões, houve trovões violentos e chuva que congelava quando caía do céu. Lanças de chuva tão altas quanto arranha-céus ficaram rígidas sobre a neve. Era uma visão rara. Rebanhos de animais selvagens e domésticos galopavam pelas cidades, soltando seus diferentes gritos ao mesmo tempo e buscando abrigo da terra ondulante. Em alguns lugares, o fogo saltou da terra e visões estranhas surgiram no céu. Os humanos sobreviventes foram tomados pelo pânico e pelo choque, embora alguns fossem valentes e buscassem salvar os muitos milhões de vítimas ainda vivas sob as cidades desmoronadas. Cenas assustadoras prevaleceram nas áreas com muitos habitantes."

"E o Santo Graal?", perguntou Christabel.

"Na Irlanda", respondeu Taliesin, "os terremotos na costa oeste foram tão violentos que o ar ficou cheio de pedras voando a quilômetros de altura. Vulcões brotaram da terra em seiscentos lugares diferentes, e neve e lava formaram uma sopa mortal que levou homens e animais. Chuvas de toupeiras, ratos e pequenos pássaros mortos batiam nos telhados e cobriam as ruas e o campo com um metro de espessura. Durante essas convulsões cataclísmicas, o antigo forte dos Templários, a Casa de Conor, foi lançado no ar como se fosse uma pipa. A cripta do Arcano foi partida em pedaços, e o Graal foi lançado ao ar com o que restou. O Vaso Sagrado pousou intacto no telhado de palha de uma cabana meio destruída. Lá foi recuperado por uma camponesa que o guardou num baú de madeira e o levou ao pároco, que estava entre os sobreviventes do cataclismo. O padre, um tal O'Grady, pensou que a Taça Sagrada era um cálice do tipo usado na igreja, mas com uma forma um tanto excêntrica, e a levou para Dublin, onde vários bispos e alguns jesuítas se refugiaram em uma adega. A explosão que destruiu a Casa de Conor dispersou os poderes que sempre se reuniam em torno da Taça em áreas fechadas. Essa é uma lei mágica e verdadeira para quase todos os objetos energizados. Em consequência, o Graal foi profanado impunemente nas mãos do clero, trancado num caixote com palha e tratado como qualquer antiguidade comum. No entanto, entre os jesuítas havia um certo homem erudito chamado Rupert Traffix, que reconheceu a peculiar forma do Graal. Sua suspeita se transformou em convicção quando soube por O'Grady que a Taça havia sido encontrada nos arredores da Casa de Conor. A torre era conhecida entre alguns estudiosos por ter sido a antiga residência dos Cavaleiros Templários.

"A escuridão se dispersou no sol do meio-dia que queimou as Ilhas Britânicas por vinte e nove horas, e o jesuíta fugiu com o Graal para a Inglaterra. Isso foi fácil, pois os bispos e os outros jesuítas haviam bebido tanto vinho sem se alimentar que se encontravam todos em um estupor ébrio. Eu estava na região da Casa de Conor durante a explosão e segui o Graal até Dublin e depois para a Inglaterra.

"Sob o Banco da Inglaterra, os cofres profundos serviam de refúgio para diferentes pessoas poderosas, como homens de estado, empresários ricos, generais e, claro, dignitários da Igreja. Durante a última guerra atômica, uma cidade subterrânea foi construída para abrigar vidas consideradas preciosas pelo governo. A existência desse lugar foi, claro, mantida em segredo para evitar que acabasse invadido por massas de pessoas comuns em pânico. Esse era o objetivo do jesuíta Rupert Traffix.

"Agora, nos arredores de Hampstead Heath, há uma certa caverna usada por um clã de bruxas que realizam suas cerimônias em segredo a fim de não serem molestadas pela lei. Desde os tempos antigos, as bruxas dançavam na caverna atravessando guerras e perseguições; muitas vezes, quando era perseguido, me escondia junto a elas, e sempre fui recebido com cortesia e gentileza. Como vocês devem saber, minha missão ao longo dos tempos tem sido levar notícias ao povo, sem consideração de posição ou status. Isso me tornou impopular entre as autoridades de todo o planeta. Meu objetivo é ajudar os seres humanos a perceberem seu estado de escravização e exploração por seres que cobiçam o poder.

"Então, quando cheguei a Londres, logo me refugiei na caverna em Hampstead Heath com as bruxas. Foi quando fiquei sabendo da existência de uma passagem que se comunicava com a cidade subterrânea sob o Banco da Inglaterra.

"Houve muita agitação na caverna quando contei que o Santo Graal já estava na Ilha, e fizemos todo tipo de plano para tê-lo novamente em nossa posse. Como vocês sabem, a Grande Mãe não pode voltar a este planeta até que a Taça seja devolvida a ela cheia de Pneuma e sob a guarda de seu consorte, o Deus Chifrudo.

"Apesar de tantas estratégias engenhosas para recuperar o Graal, não conseguimos pegá-lo. Nossos espiões nos informaram que o Graal havia deixado a Inglaterra num hidroavião, sob a guarda de vários policiais à paisana e Rupert Traffix, o jesuíta. Além disso, contaram que o destino da Taça Sagrada seria esse mesmo platô; era um fato conhecido que os terremotos e as erupções vulcânicas foram mais brandos nessa parte do continente americano. Os adoradores do Deus Pai Vingativo estavam, é claro, determinados a manter o Graal em sua posse, e um pequeno núcleo de iniciados conhecia a magia do Cálice. Esses iniciados especiais sabiam que seu poder hipnótico sobre a humanidade não duraria se a Grande Mãe mais uma vez tivesse posse dele. Rupert Traffix estava entre aqueles plenamente informados sobre a história da Taça.

"Tudo isso vai explicar por que estou aqui e ainda em busca do Santo Graal."

Houve um breve silêncio depois de todas essas notícias importantes, e Anna voltou a encher nossos copos com cogumelos e leite de cabra.

"Precisamos fazer planos imediatos para recuperar o Graal e devolvê-lo à Deusa", falou Christabel. "Sua fuga após a guerra atômica foi o último prego no caixão dessa geração. Se o planeta deve sobreviver com vida orgânica, ela deve ser trazida de volta, para que a boa vontade e o amor possam mais uma vez prevalecer no mundo."

"Na cidade a alguns quilômetros de distância", disse Taliesin, "está a Taça. Os adoradores sobreviventes do Deus Pai Raivoso já estão sendo informados de sua presença nesse país e em algum momento chegarão aqui para tentar salvar os últimos resquícios de sua religião sacrílega e demonológica."

"Que a Rainha Abelha encha a Taça com Pneuma", disse Christabel com fervor.

"Na Europa, o Leão enfim dominou os países e o Unicórnio voou desesperado para Sirius", disse Taliesin misteriosamente. Suas palavras fizeram o sangue em nossas veias gelar.

"O unicórnio se foi!", exclamou Christabel, horrorizada, pois era a única naquele momento a compreender a importância dessa terrível notícia; Taliesin inclinou a cabeça e respondeu: "Abominação e desolação na humanidade".

"Como podemos recuperar o Cálice Sagrado?", perguntou Georgina, que estava andando para cima e para baixo, nervosa. "Deve estar bem protegido, não?"

"Faremos infusões e abluções para evocar o conselho da Santa Hécate", falou Christabel. "Devemos encontrar estramônio, almíscar e verbena e preparar uma sopa poderosa, depois de fazer as abluções necessárias. Em algum lugar da cidade deve haver uma loja de boticário acessível. Taliesin e Majong devem partir depois de escurecer para trazer os ingredientes."

Todos concordamos com este plano; uma invocação à Deusa era a única chance de ter uma indicação clara de como conseguiríamos ter o Graal em nossa posse.

Taliesin e Majong se armaram com ferramentas da limusine destruída e partiram para a cidade. Uma lua crescente pálida voou entre as nuvens que se reuniam para mais uma tempestade de neve.

Enquanto Christabel praticava algumas abluções preliminares para a evocação, uma súbita perturbação entre as cabras se tornou evidente. Elas correram para a extremidade mais escura da câmara na caverna e começaram a balir, lamentosas. Ao longe, ouvíamos os uivos como de uma infinidade de cães.

"Os coitados devem estar morrendo de fome", disse Anna Wertz depois de ouvir por um tempo. "Vamos levar um pouco de comida." Ela então começou a preparar uma sopa com arroz cozido, um pouco de leite e algumas sardinhas para dar mais sabor.

Quando a sopa ficou pronta, Anna e a Marquesa levaram o caldeirão para o mundo de cima. O uivo dos cães se aproximava e havia algo naquele tom que não me pareceu muito comum. Quando Anna e a Marquesa enfim voltaram, a panela estava vazia.

"Pobrezinhos", disse Anna. "Nunca vi cães tão nervosos e famintos. E imagine, eram todos alsacianos mas não me deixaram acariciá-los. Caíram sobre a comida como se estivessem mortos de fome há meses. É mesmo um escândalo a forma como as pessoas negligenciam seus animais. Lá estão todos pensando em salvar seus próprios pescoços e deixam os pobres cães fiéis correrem em bandos, morrendo de fome."

Nesse momento, todas olhávamos para o pé da escada. Anna fora seguida por um dos cães, um enorme macho alsaciano de cor acinzentada com olhos nervosos e inconstantes. Levantei-me e, quando me aproximei, a grande fera recuou assustada para o lado. Um lamento aterrorizado subiu das cabras amontoadas. Não era um cachorro, mas um enorme lobo cinza.

Aquele era o chefe da matilha. Mais corajoso do que os demais, ele se aventurou até o calor da caverna. Jogamos alguns pedaços de peixe seco para ele, que os pegou vorazmente, observando-nos o tempo todo com olhos desconfiados e oblíquos.

"Ele é mesmo doce de arrepiar os cabelos", disse Georgina, que se colocou do outro lado do fogo eterno. "Imagino que poderia rasgar a garganta de alguém rapidinho."

Anna continuou se aproximando do lobo, quase como se esperasse ser mordida: "Pobre menino! Eles o mataram de fome? Bem, é mesmo uma vergonha a forma como as pessoas tratam os cães. Afinal, nenhum ser humano é tão bom quanto os animais. Para uma compreensão real, só se pode contar com cães". Ninguém jamais convenceria Anna de que aquilo não era um cachorro, mas um animal selvagem de uma floresta distante.

O bando continuava uivando lá fora, mas eu conseguia sentir que eles haviam mudado seu canto, e através de um leve formigamento no couro cabeludo identifiquei um novo som bem próximo e estranhamente reminiscente de tortas de carne moída. Embora eu ainda precisasse da minha corneta, eu havia desenvolvido uma premonição sonora que poderia traduzir depois, com a ajuda do instrumento.

"Não é Natal, certo?", perguntou Carmella. Então eu soube que o que se juntou ao coro dos lobos foi o tilintar de muitos sininhos, agora claramente audíveis na caverna. O lobo ficou com as orelhas em alerta, esperando.

"Querido! Que apropriado para o clima", comentou Georgina. "O querido e velho Papai Noel virá visitar a qualquer minuto, espalhando brinquedos e alegria por todo lugar."

De fato, foi quase isso que aconteceu. Depois de alguns minutos, ouvimos uma série de assobios penetrantes e uma voz como se fosse do passado mais remoto e antigo, chamando pelas escadas de pedra: "Pontefact! Pontefact! O que você está fazendo! Seu lobo impertinente! Venha agora para o papai".

A voz de Marlborough sempre ia mais longe do que a de qualquer outra pessoa. Mesmo nos meus dias mais surdos eu sempre o ouvia falar, mesmo a várias salas de distância. De repente, lá estava ele nos degraus, de alguma forma diferente, mas mais ele mesmo do que nunca. Vestia de veludo marrom, forrado com pele escura que por acaso era zibelina. Um chapéu quadrado alto estava puxado para baixo sobre seu imenso rosto enrugado, e uma barba muito longa e estreita chegava quase aos dedos dos pés de seus tênis úmidos. Em cada ombro, estava empoleirado um falcão branco.

O lobo então se comportou com todo o carinho desmedido de um spaniel. Ele rolou de costas, balançou as pernas no ar e ganiu de prazer.

"Marlborough!", exclamei. "Achei que você ainda estivesse em Veneza!"

"Querida", disse Marlborough, como se tivéssemos nos visto ontem. "Eu passei por um período assustador à sua procura, mas enfim encontrei a sobrinha de Carmella viva numa padaria. A cidade parece muito bonita. Todas aquelas casas horríveis caíram e tudo parece ter dentes, com os pingentes de gelo. Muito estranho para explicar em palavras."

"Como você chegou aqui de Veneza?", perguntei. "E a sua irmã?"

"Anubeth veio comigo, é claro", disse Marlborough. "Ela está lá em cima na Arca. Pensei em te preparar um pouco antes de apresentá-la. Pode ser uma surpresa, embora eu saiba que você não espera ninguém muito normal. Por favor, tome cuidado para não ferir os sentimentos dela. Afinal, você também não parece tão comum assim."

Apresentei Marlborough às minhas seis companheiras, e ele andou pela caverna fazendo exclamações apreciativas como: "É mesmo a proporção mais requintada. É possível se sentir em um zigurate. Querida, se você pendurar gobelins bem compridos e estreitos com unicórnios ali no canto, daria um trompe l'oeil fascinante, mas talvez as cabras comessem."

"Não temos gobelins no momento", falei, "mas há um bom monte de palha que pode servir até que tenhamos um." Marlborough tinha parado para acariciar as cabras que ainda tremiam num canto. O pânico voltou a reinar quando o lobo, Pontefact, correu bem para o lado de seu mestre.

"Nossa, como estavam com medo! Pobres cabras, pobres coitadas, o querido Pontefact não lhes faria mal nenhum", murmurou Marlborough num tom de voz reconfortante. As cabras não pareciam convencidas. "O querido Pontefact não faria mal a ninguém. Os lobos são mesmo mais espertos que os cães. Além disso, o pai de Pontefact era um cordeiro, não era, querido?"

"Eu simplesmente adoro seu *trosseau*. Totalmente Chanel", Georgina elogiou. "Não há nada como zibelina. Tão confortavelmente chique. Imagino que tenha sido caríssimo."

"Eu realmente não sei", disse Marlborough. "Ganhei de presente da Princesa Celina Scarlatti depois que lhe escrevi uma sonata. Ela mandou fazer a roupa para si mesma quando tentou organizar um baile à fantasia no Vaticano para ajudar lésbicas carentes. O Papa ficou muito perturbado com a ideia toda."

"Marlborough", falei, "você acha que deveria deixar sua irmã lá fora tanto tempo? Ela deve estar congelando."

"Anubeth é muito paciente", disse Marlborough. "Além disso, a Arca tem aquecimento central e moramos nela há meses. Viemos por terra via Canadá por causa dos lobos. Anubeth gosta muito de lobos. Você vai entender. Ela se tornou muito solitária em Veneza, e quando a neve começou uma coisa puxou a outra." Tudo isso era muito misterioso. Eu tinha começado a pensar no encontro com a irmã de Marlborough com um misto de curiosidade e pavor.

"Talvez seja melhor convidá-la para descer de qualquer maneira", insisti. "Não parece muito educado deixá-la sozinha lá em cima."

Enquanto subíamos os degraus, Marlborough me contou como eles viajaram de Veneza pela Itália, França e Inglaterra e por fim atravessaram o mar do Norte até o Canadá.

Do lado de fora da torre, estava a Arca de Marlborough. Devo dizer que era uma visão impressionante. Estava sobre trilhos como um trenó, mas fora isso parecia uma versão renascentista da Arca de Noé, dourada, esculpida e pintada em cores deslumbrantes, como uma pintura de um mestre veneziano louco. Toda a engenhoca estava coberta de sinos que tilintavam frenéticos a cada rajada de vento.

"Impulsão de propulsão atômica", explicou Marlborough, cheio de orgulho. "Todo o motor cabe numa caixa de pedra de cristal do tamanho de um ovo de galinha. É a forma mais moderna de veículo móvel. Sem combustível, sem barulho. Na verdade, é tão silenciosa que tive que pendurar os sinos para me fazer companhia. O que você acha?"

"É exuberante", falei com admiração. "Você mandou fazer em Veneza?"

"Eu mesmo que projetei", disse Marlborough. "Simplicidade romani e conforto atômico."

Os lobos se sentaram ao redor da Arca num semicírculo, como se estivessem em guarda. Eles me deixavam nervosa, ainda que Marlborough me assegurasse que eram perfeitamente dóceis. Também estava preocupada com os gatos, que haviam desaparecido à primeira aparição de Pontefact.

"Com licença, vou chamar a minha irmã", anunciou Marlborough, e levando as mãos em concha à boca soltou uma série de ganidos de congelar o sangue. Os sons foram respondidos do interior da Arca com mais ganidos e com o chacoalhar da porta de entrada, que fora esculpida com o desenho de Cupido e Psique abraçados em meio a veados e cisnes.

"Não tenha medo", falou Marlborough. "Se ela perceber que você sente algo diferente, fica muito nervosa."

A forma que então surgiu da Arca era mais surpreendentemente inesperada do que qualquer coisa que minha imaginação já fértil poderia ter concebido. A irmã de Marlborough, Anubeth, era uma mulher com cabeça de lobo. Seu corpo alto era bem proporcionado e, tirando a cabeça, era todo humano. Ela estava envolta em um tecido brilhante e pequenos sapatos pontudos como gôndolas cobriam seus pés estreitos. Diante da porta aberta da Arca, rosnava e mostrava dentes brancos e pontudos. Marlborough rosnou de volta, o que me deixou fora da conversa.

"Minha irmã entende dez línguas diferentes e escreve em sânscrito", explicou Marlborough, "mas por conta de peculiaridade no palato, ela tem dificuldade na pronúncia, então sempre latimos um para a outro. Mas você pode falar com ela na sua língua, ela entende perfeitamente."

"Como vai?", perguntei, nervosa. "Você é muito bem-vinda em nossa casa." A irmã de Marlborough rosnou. Mais tarde, aprendi algumas frases fonéticas inteligentes de lobês, mas naquela época achei a conversa constrangedora.

"Anubeth pergunta se você gostaria de conhecer o interior da Arca", disse Marlborough. "Ela tem muito orgulho do espaço e devo dizer que organizou tudo com muito bom gosto."

"Adoraria", respondi com uma mesura. Achei melhor me dirigir a Anubeth com certa cerimônia, ela era muito imponente.

O interior da Arca era como um delírio de ópio de um romani. Havia cortinas bordadas com um padrão maravilhoso, borrifadores de perfume em forma de pássaros emplumados exóticos, lâmpadas como louva-a-deus com olhos móveis, almofadas de veludo em forma de frutas gigantes e sofás na forma de mulheres lindamente esculpidas em madeiras raras e marfim. Todos os tipos de criaturas mumificadas pendiam do telhado, moldadas em gestos tão hábeis que pareciam vivas.

"Anubeth gosta de embalsamar qualquer coisa que encontra morta", explicou Marlborough. "É o hobby dela. Ela usa uma técnica egípcia muito antiga. Toda a nossa família tem dons artísticos."

Anubeth rosnou e estendeu a mão para pegar um animal estranho no teto para me mostrar. Era uma tartaruga com o rosto enrugado de um bebê e longas pernas finas que estavam congeladas. "Anubeth conta que esta é uma espécie de colagem que ela fez para se divertir quando o zelador do principal necrotério de Veneza lhe deu de presente um bebê morto. As pernas originalmente pertenciam a cegonhas que morreram de frio. Ela leva mesmo muito jeito. Às vezes me pergunto se ela deveria pintar. Tenho certeza de que tem talento."

Nesse momento, Anubeth e Marlborough trocaram grunhidos e nos sentamos ao redor de uma pequena mesa de jade equilibrada em cima de uma naja feita de ametista.

"Devo dizer que vocês deixaram tudo muito confortável e original", comentei. "Essa deve ser mesmo a melhor forma de viajar." Anubeth nos serviu chá de jasmim e pequenas taças de um licor francês cujo nome era bom champanhe, embora não tivesse gosto de champanhe.

"É", concordou Marlborough, que estava acomodado em algumas almofadas de veludo em forma de nectarina. "Nossa família sempre foi viciada em viagens. No passado, você até me comparou a uma andorinha por conta de minhas idas e vindas. Acredito que também herdei características do tio-avô Imrés, um nobre húngaro, filho de uma conhecida Vampira da Transilvânia. Por várias razões, nunca te contei toda a história da minha família, já que jurei guardar segredo durante a perseguição comunista na Hungria. Agora, infelizmente, os únicos integrantes que restaram são Anubeth e eu. Como mencionei antes, tive uma relação bastante tensa com minhas outras irmãs, Audrey, Anastasia e Annabelle. Todas elas sofriam de uma mania em comum: quando eu cruzava meio mundo para visitá-las em seus respectivos castelos, diziam que eu só ia vê-las para roubar um aspirador de pó antigo que elas costumavam alugar umas às outras a preços exorbitantes. Todas morreram durante o cataclismo. Audrey foi encontrada congelada de cabeça para baixo num pequeno iceberg que invadiu seu quarto. Ainda levava uma garrafa vazia de champanhe aos lábios. Muito trágico, mas não de todo sem justiça poética. Fisicamente falando, Anubeth foi a única de nós a herdar características físicas do tio-avô Imrés. Ele era um lobisomem."

"É claro que entendo que os comunistas devem ter se oposto a um lobisomem, sobretudo por vir de uma família tão nobre", falei. Anubeth pareceu satisfeita e passou uma longa língua rosada sobre as mandíbulas.

"Nossa propriedade na Hungria foi confiscada", continuou Marlborough. "Tio Imrés foi pego e exposto numa jaula em São Petersburgo até morrer de vergonha, depois mandaram empalhá-lo e o colocaram no Museu de História Natural. Tudo isso teve um efeito devastador no orgulho de nossa família. Publiquei uma elegia curta e um tanto amarga em memória do tio-avô Imrés. Você entende que o sangue de lobo na nossa família era uma espécie de segredo, embora eu mesmo considere isso uma distinção."

"Seria uma pena se todos os lobisomens morressem", falei. "Depois de todas as Deusas e Deuses com cabeça de animal que nos inspiraram ao longo da história."

Marlborough tomou um gole de chá de jasmim com delicadeza e acariciou sua barba incrivelmente longa. "Na verdade, foi para evitar tal calamidade que iniciamos nossa jornada", disse. "Sabe, Anubeth está agora com quase oitenta anos e decidimos que ela deveria se casar antes que fosse tarde demais para perpetuar a espécie. É por isso que viemos pelo Canadá para encontrar o Rei Lobo, Pontefact, que ficou feliz com o arranjo."

"Perdão", falei, abismada. "Você quer dizer…"

"Sim, isso mesmo", continuou Marlborough. "Anubeth agora está casada e feliz com o Rei Pontefact, que você já conheceu. Eles estão esperando uma ninhada para logo. Todos

esses lobos são súditos de Pontefact, então é claro que nos acompanham a todos os lugares."

Fiquei em silêncio por um tempo para digerir aquela notícia. Devíamos nos referir à ninhada como bebês? Lobisomens? Ou filhotes? Decidi não mencionar nada até que Marlborough me desse uma pista. Em algumas coisas, ele era extremamente convencional.

"Devo lhe dar meus mais sinceros parabéns", disse a Anubeth. "Todos ficaremos felizes em ter pequeninos entre nós."

Marlborough me disse que eles continuariam a viver na Arca pois a presença dos lobos poderia perturbar as cabras, e sem dúvida também porque o conforto de que desfrutavam ali era superior ao da caverna simples em que vivíamos, embora ele fosse educado demais para dizer isso. Falei que podiam contar conosco em tudo que pudéssemos ajudar e os deixei em uma névoa de perfume de gengibre branco que saía do bico de um cuco embalsamado.

Os lobos me observaram enquanto eu atravessava seu círculo com cautela, eu não queria ofender ninguém, e os lobos têm temperamentos notoriamente intensos.

Lá embaixo, na caverna, ouvi o som do tambor de Christabel, que anunciava o retorno de Majong e do carteiro Taliesin. Eles invadiram com sucesso uma farmácia em ruínas, onde os ingredientes necessários foram encontrados com certa dificuldade. O pote de porcelana contendo o estramônio estava um pouco lascado, mas o conteúdo permanecia intacto. Depois de fazer algumas abluções sobre todos nós, Christabel esvaziou o conteúdo dos três jarros no caldeirão fervente.

No sentido da lua, a dança começou, e fomos logo levadas ao frenesi pelo ritmo do tambor de Christabel e o poderoso vapor do estramônio, da verbena e do almíscar fervendo no caldeirão. As cabras saltitavam ao nosso redor em um círculo externo, balindo. Taliesin e Majong se retiraram para o mundo de cima, pois os homens não tinham permissão para ver essa cerimônia mágica.

Belzi Ra Ha-Ha Hécate a Chegar!
Desça a nós ao som do meu batucar
Inkalá Iktum meu pássaro é uma toupeira forte
Para cima o Equador e para baixo, o polo Norte.
Eptàlum, Zam Pollum, o poder do crescimento
Aí vem as Luzes do Norte e um bando de gansos imensos
Inkalá Belzi Zam Pollum o Tambor a batucar
Alta Rainha de Tartarus Apresse-se em Chegar.

O ar foi preenchido por um zumbido e um bater de asas, e milhões de abelhas se juntaram sobre nossas cabeças e formaram uma grande figura feminina sobre o caldeirão fervente. O enxame reluziu e tremeu na formação da giganta.

"Fale, Zam Pollum!", gritou Cristabel. "Zam Pollum, fale! Abra seu coração de mel silvestre e nos diga como recuperar seu Santo Graal para que a Terra não morra em seu eixo! Fale, Zam Pollum!"

A figura zumbiu e brilhou, então de algum lugar das profundezas do corpo feito de tantos milhões de abelhas veio uma voz tão impossivelmente doce que nos sentimos afogadas em mel.

"As abelhas devem voltar a fazer ninhos outra vez na carcaça do Leão. Então meu copo será enchido de mel e eu beberei de novo com o Deus Chifrudo Sephira, a estrela Polar, meu marido e meu filho. Siga o enxame."

O círculo de cabras se dispersou em alarme quando Anubeth se juntou ao nosso círculo, caminhando majestosamente e carregando um incenso aceso.

"Eu sou Anubeth, Alta Rainha dos Lobos. Meu povo deseja se oferecer para recuperar seu Cálice Sagrado, Grande Deusa Hécate Zam Pollum!", ela disse em lobês. A Deusa cantarolou com um milhão de vozes e gotas de mel caíram como maná do teto da caverna. Estávamos cobertas de uma deliciosa viscosidade perfumada e fomos obrigadas a nos lamber até ficarmos limpas.

O enxame se dispersou, desfazendo o corpo da Deusa em milhões de fragmentos brilhantes voando degraus acima. "Sigam!", clamou Christabel, e ainda dançando fomos no rastro das abelhas.

Então, estimulada por um longo uivo de Anubeth, toda a matilha de lobos nos seguiu, e a Arca de Marlborough partiu com todos os sinos tilintando freneticamente em coro com as abelhas.

Foi assim que a Deusa recuperou seu Cálice Sagrado com um exército de abelhas, lobos, sete mulheres velhas, um carteiro, um chinês, um poeta, uma arca atômica e uma lobismulher. O exército mais estranho, talvez, já visto neste planeta.

A Marquesa, que estava encarregada da organização militar da invasão, ordenou aos lobos que cercassem o palácio do Arcebispo onde o Graal estava aprisionado. Enquanto isso, todos começaríamos a gritar que estávamos sendo atacados por lobos. Assim que a porta se abrisse, as abelhas entrariam no palácio e levariam a Taça de onde quer que estivesse escondida.

Tudo funcionou de acordo com o plano. O próprio Arcebispo desceu correndo para abrir a porta assim que começamos a gritar. Impulsionado por uma inteligência sobrenatural, o enxame entrou na casa e voltou pouco depois carregando o Santo Graal, que levou para alguma parte secreta da nossa caverna, deixando um rastro de mel, que brilhava como ouro na neve.

Em questão de segundos, o Arcebispo alertou a casa toda, e logo um fluxo de eclesiásticos enfurecidos e da polícia secreta saiu correndo para o jardim. Eles foram atacados pelos lobos e conseguimos escapar, com a matilha na retaguarda.

Este é o fim da minha história. Eu contei tudo fielmente, sem qualquer exagero de natureza poética ou não.

Logo depois da captura do Graal, Anubeth deu à luz uma ninhada de seis pequenos lobisomens que ficaram mais bonitos depois que seus pelos cresceram. Sendo a convivência uma coisa maravilhosa à sua maneira, os filhotes logo estavam brincando com os gatinhos, enquanto o Rei Pontefact sorria lobamente para sua alegre ninhada.

As eras glaciais passam e, embora o mundo esteja congelado, imaginamos que algum dia a grama e as flores voltarão a crescer. Enquanto isso, mantenho um registro diário em três tábulas de cera.

Depois que eu morrer, os filhotes lobisomens de Anubeth continuarão o registro até que o planeta esteja povoado de gatos, lobisomens, abelhas e cabras. Todos nós esperamos com ardor que isso seja uma melhoria para a humanidade, que deliberadamente renunciou ao Pneuma da Deusa.

De acordo com o planisfério de Carmella, estamos agora na região onde costumava ser a Lapônia e isso me faz sorrir.

Uma loba da matilha deu à luz, no mesmo dia que Anubeth, a seis filhotes de pelagem branca. Estamos pensando em treiná-los para puxar um trenó.

Se a velha não pode ir à Lapônia, que a Lapônia venha até a Velha.

Posfácio

Olga Tokarczuk

A primeira vez que li *A corneta* não sabia nada sobre sua autora, então tive a experiência incrível de chegar a esse pequeno romance num estado de inocência. Eu não sabia, por exemplo, que Leonora Carrington tinha sido uma pintora, que passou a maior parte de sua vida como expatriada no México e teve um relacionamento com Max Ernst, um dos maiores surrealistas, na sua juventude. Mas o tom anárquico e a natureza surpreendente desse pequeno livro deixaram em mim uma forte impressão que nunca foi embora.

Há duas qualidades na ficção que considero particularmente espantosas e comoventes: a ausência de limites rígidos e o uso de uma metafísica selvagem.

A primeira qualidade é estrutural. Livros com essa abertura deixam temas e ideias sem delimitações claras, de forma intencional, tornando tudo meio borrado. Eles nos concedem um espaço maravilhoso para fazer nossas próprias suposições, buscar associações, pensar e interpretar. Esse processo interpretativo é fonte de grande prazer intelectual e também funciona como um empurrão amigo para novas perspectivas. Obras desse tipo não apresentam teses, mas suscitam questões que não nos ocorreriam de outra forma.

Na minha opinião, a segunda qualidade, metafísica selvagem, toca em uma questão muito séria: primeiro, por que lemos histórias? Inevitavelmente, entre as muitas respostas verdadeiras, encontraremos a seguinte: lemos histórias para ter uma visão mais ampla a respeito de tudo o que acontece com as pessoas na Terra. Nossa própria experiência é muito pequena, nossos seres, muito indefesos para entender a complexidade e a enormidade do universo; queremos ver a vida de perto, vislumbrar a existência dos outros. Temos algo em comum com eles? Eles são como nós? Estamos buscando um arranjo comunitário compartilhado, cada um de nós um ponto da trama urdida. Em resumo, esperamos que os romances apresentem certas hipóteses que podem nos explicar o que é o quê. E por mais banal que possa parecer, essa é uma questão metafísica: a partir de quais princípios o mundo opera?

Acredito que isso, na verdade, é onde está a diferença — tão calorosamente debatida na minha própria época literária — entre a chamada ficção de gênero e a ficção literária, sem especificação. A obra tradicional de ficção literária nos apresenta perspectivas reconhecíveis, usando um mundo conhecido, que tem parâmetros filosóficos familiares. A obra de ficção de gênero pretende estabelecer suas próprias regras para o universo criado, esboçando seus próprios mapas epistemológicos. E isso acontece quer o livro seja uma história de amor, um mistério de assassinato ou a aventura de uma expedição a outra galáxia.

A corneta escapa de toda categorização. Desde sua primeira frase, o livro apresenta um cosmos todo coerente, governado por leis autogeradas. Com isso, faz comentários perturbadores a respeito de coisas que nunca paramos para questionar.

Na ordem patriarcal, ao chegar à velhice a mulher se torna um incômodo ainda maior do que já era quando jovem. Assim como as sociedades patriarcais pensam e organizam milhares de normas, regras, códigos e formas de opressão para manter as mulheres jovens na linha, elas tratam as mulheres idosas (que perderam seu poder erótico atraente) com um grau semelhante de suspeita e aversão. Enquanto fingem uma aparência de simpatia, os integrantes de tais sociedades insistem na antiga beleza das mulheres mais velhas com uma certa satisfação disfarçada, ponderando os efeitos da passagem do tempo. Uma marginalização ainda maior é atingida ao empurrá-las rumo à inexistência social; muitas vezes, essas senhoras se tornam empobrecidas financeiramente e desprovidas de qualquer influência. Elas se transformam, em vez disso, em criaturas inferiores que não merecem qualquer preocupação alheia; a sociedade faz pouco mais do que tolerá-las e oferecer-lhes (com bastante relutância) algum tipo de cuidado.

Esse é o status de Marian Leatherby, a narradora idosa de *A corneta*, quando começamos a ler o romance. Ela está cheia de vida, mas com dificuldade de audição. E ela é duplamente excluída — primeiro, como mulher; depois, na condição de mulher velha. É essencial à personagem uma qualidade que ela compartilha com o romance como um todo: a excentricidade (a excentricidade é um dos modos permitidos a uma mulher idosa quando ela não está desempenhando o papel de avó bondosa). De fato, colocar uma velha surda no papel de narradora, de heroína e de espírito reinante, e preencher o livro com um grupo de senhoras estranhas, indica desde o início que esta história será um caso de excentricidade radical.

As coisas que são excêntricas estão, por definição, "fora do centro" — fora das normas estabelecidas há muito tempo e de todas as coisas consideradas autoevidentes no caminho conhecido. Ser uma pessoa excêntrica é ver o mundo de uma perspectiva completamente diferente, que é tanto provinciana quanto marginal — posta de lado, aos cantos — e, ao mesmo tempo, reveladora e revolucionária.

A Instituição, ou asilo, para a qual Marian é enviada por sua família é dirigida pelo dr. e pela sra. Gambit. É também excêntrica, compreendendo uma série de habitações bizarras — em forma de cogumelo, um chalé suíço, uma múmia egípcia, uma bota, um farol —, impossível e absurda, como se saísse direto de uma pintura de Bosch ou algum parque de diversões onírico. Mas aqui a excentricidade pode ser vista como emblemática da atitude opressiva, paternalista e infantilizante que tomamos em relação aos idosos. A palavra "gambit" é derivada da palavra italiana "gambetto", literalmente "pequena perna", que também aparece na frase "*dare il gambetto*" — passar a perna ou conspirar contra. Os Gambit são os representantes hipócritas e pretensiosos de uma sociedade igualmente hipócrita, e seus métodos são resumidos pela expressão "para o seu próprio bem". Os Gambit sempre sabem o que é adequado e saudável para as mulheres que lá estão, submetendo-as a uma doutrina psicopedagógica mal definida, não muito diferente da adotada pelos seguidores de Rudolf Steiner. O exemplo mais cômico dessa ideologia são os "Movimentos", talvez uma referência aos movimentos de Gurdjieff, que as velhas são obrigadas a fazer todos os dias.

A missão dos Gambit envolve observação constante e julgamento de suas moradoras, outra característica do conceito vago e quase religioso de autoperfeição beirando o sadismo com o qual doutrinam aquelas sob seus cuidados. Como o dr. Gambit diz a Marian:

Relatórios no seu caso específico mostram a seguinte lista de impurezas interiores: Ganância, Desonestidade, Egoísmo, Preguiça e Vaidade. No topo da lista está a Ganância, demonstrando uma paixão dominante. É impossível superar tantas deformidades psíquicas num curto espaço de tempo. Você não é a única vítima de seus hábitos degenerados, todos têm falhas, e aqui buscamos observar essas falhas e eliminá-las sob a luz da Observação Objetiva, da Consciência.

O fato de Você Ter Sido Escolhida para se juntar a essa comunidade deve oferecer estímulo o bastante para enfrentar seus próprios vícios com coragem e lutar para diminuir o domínio deles sobre você.

Por trás da beneficência dos Gambit, há um motivo econômico bastante específico. Sim, os Gambit ganham dinheiro com essas pessoas velhas que alegam estar aperfeiçoando. Na verdade, eles não trabalham com nenhum sentido de missão, mas para ganhar a vida. Ao invocar o pecado da ganância, Carrington nos lembra das conexões profundamente hipócritas entre instituições religiosas e financeiras.

Outra das excêntricas do romance é Carmella, a grande amiga da heroína, que dizem ter sido inspirada numa amiga de Carrington de longa data, sua colega de pintura Remedios Varo. Carmella foi autorizada a manter alguma influência no mundo porque é uma mulher velha *rica*, e não há nada que as pessoas respeitem tanto quanto o dinheiro e as pessoas que dispõem dele. Por isso, Carmella desfruta do poder inquestionável de fazer as coisas acontecerem. Suas aparições na Instituição desoladora são dramáticas; suas ideias são absolutas, guiadas não pela razão mas pela imaginação e por uma maneira diferente de pensar. Em sua personagem, a excentricidade é elevada à categoria de divindade.

No início da década de 1960 e na década de 1970, Leonora Carrington participou ativamente do movimento de libertação das mulheres no México. Ela ficou muito conhecida por ter desenhado um pôster representando Adão e Eva oferecendo uma maçã um ao outro. Da mesma forma, em *A corneta*, Carrington recupera e inverte histórias tradicionais e fundacionais no processo de criação de um dos textos feministas mais originais já escritos. O livro contém a quintessência do feminismo em uma narrativa subversiva e surrealista ao invocar uma ordem metafísica não convencional. *A corneta* introduz abertamente a excentricidade no debate feminista como uma alternativa legítima à perspectiva patriarcal: tudo o que é excêntrico é como uma Deusa em espírito.

Em nossa época, a Deusa foi expulsa do centro há muito tempo por seus "Irmãos Estéreis" (como Carrington os chama); seu reino agora reside nas províncias da percepção. No entanto, a Deusa sempre estará presente onde quer que os binários — isso/aquilo, nativo/estrangeiro, preto/branco — amados pelos Irmãos Estéreis são expostos como limitados. A maneira deles é a mais simples e grosseira de organizar um mundo complicado, de garantir poder sobre ele. Por essa lógica, para acomodar alguém muito alto numa cama muito curta, devemos cortar os pés, não procurar uma cama maior.

Vejo a divindade feminina como a feminilidade aprofundada e expandida pelos múltiplos tesouros da cultura e da natureza. A Deusa é um arquétipo poderoso, e sua simples existência é pura provocação a uma estrutura patriarcal. Não é de admirar que em muitas partes do mundo as mulheres sejam obrigadas a cobrir seus rostos e corpos. A fisiologia da mulher — que parece ser a coisa mais natural do mundo, como sua corporalidade — é sempre um problema, algo que não se discute. As civilizações podem ser descritas pelos mecanismos que inventaram e implementaram para controlar a divindade feminina.

Quando as mulheres exigem o que lhes é devido — reconhecimento de sua força e de seu poder, de sua própria divindade — são banidas para o porão, aprisionadas no calabouço. Privadas do contato com a consciência, elas perdem sua capacidade de falar e só podem "murmurar" — como o Graal murmura em *A corneta*. Tornam-se algo impreciso e turvo. São incapazes (ou não querem) usar a dicção patriarcal desajeitada e refinada, voos ensaísticos, frases virtuosas e reflexões indiferentes sobre a arte tão valorizada pelos árbitros da cultura, muito acima do calabouço da Deusa desalentada. Sua linguagem é grosseira e irreverente, nada adaptada às percepções típicas das pessoas, mas selvagem, risível, excêntrica, indomável. Muitas vezes é percebida como incompreensível e, como resultado, às vezes é julgada como kitsch. Bastante kitsch e sem gosto apurado — uma acusação que volta e meia é feita contra as mulheres. Parece que Joseph Conrad disse que o melhor critério para aferir a qualidade de um livro é que as mulheres não gostem dele — porque elas só podem gostar de literatura ruim. Bem, preciso admitir que gosto muito do que Conrad escreveu. Com sinceridade.

Tudo bem. Então que seja. Kitsch é o nosso oceano. Todos aqueles processos cíclicos, menstruações e enxaquecas recorrentes. Baboseiras, ervas curativas e confiança infantil no poder da natureza. Um amor doentio por animais, sentimentalismos, a alimentação de gatos de rua. Ser superprotetora, meter o nariz em tudo. Todas aquelas flores em vasinhos, aqueles jardinzinhos, as malvas, os trapos, as rendas, as costuras, os tricôs, os romances, as novelas, a "literatura feminina", a "emoção", a acusação de fragilidade mental que tem sido atribuída a nós por séculos. O reservatório de histórias misóginas é imenso e aparentemente sem fundo. Nos tempos modernos, num mundo patriarcal, só podemos falar da Deusa com ironia, piscando como a abadessa na pintura no refeitório dos Gambit, e com um sorriso disfarçado, meio sério, meio zombeteiro. Tendo sido marginalizada e ridicularizada por milhares de anos, ela só pode se expressar dessa maneira disfarçada. Vale a pena ponderar quantos assuntos relacionados à experiência feminina foram marginalizados, ridicularizados, ironizados ou negligenciados. Por centenas de anos, as mulheres foram criadas dentro de religiões misóginas e patriarcais que as discriminam abertamente de alguma forma. Elas participam de culturas que nunca são suas de fato, ou que até mesmo se opõem a elas. Desde cedo, as mulheres são alimentadas por doutrinas que as posicionam como inferiores, mais fracas, menos capazes ou de alguma outra forma deficientes. Elas crescem em uma névoa de misoginia onipresente, muitas vezes velada e não de todo autoconsciente, que é intrínseca à cultura, à linguagem, às imagens, às relações interpessoais, à história e à economia. Foi apenas nas últimas décadas que a verdadeira história das mulheres, escanteadas à quase inexistência, tentou pacientemente se libertar. E quando emerge no mundo apropriado, pode ficar sem palavras.

Leonora Carrington reconhece essa posição subversiva e excêntrica do feminino. Tanto na pintura quanto na escrita, ela tem uma forma maravilhosa de aderir à crença de André Breton na necessidade de alinhar a arte com a alquimia ou com o ocultismo. Ela faz uso abundante do nosso imaginário esotérico europeu, evitando a solenidade pomposa que costuma acompanhá-lo.

A corneta é um texto hermético; refere-se a coisas que estão escondidas, deslocadas e esquecidas. Para ser inteiramente interpretado, exige de seus leitores certa familiaridade com suas alusões, ao mesmo tempo que zomba desse tipo de competência extraindo de seu baú de maravilhas todo tipo de histórias impressionantes e surpreendentes.

O olho piscando da abadessa deveria ser imortalizado em todas as capas futuras desse livro; deveria se tornar sua marca registrada, assim como a surdez de Marian. Juntos, eles compõem um apanhado de instruções para se aproximar do romance. Bem no começo do livro, Carmella dá a Marian uma corneta auditiva que, de forma milagrosa, permite que ela seja seletiva sobre o que ouve. O olho piscando está nos dizendo para enquadrar tudo entre aspas e confiar no "e se" em que o mito e a literatura se baseiam. Daqui em diante, devemos seguir Leonora assim — com um olho piscando, maliciosamente, kitsch, aceitando o que ela oferece a nós sem questionar.

E ela nos oferece muito — o livro é um verdadeiro carnaval. No momento em que a Abadessa Piscando é identificada como Doña Rosalinda Alvarez Cruz della Cueva de El Convento de Santa Barbara de Tartarus, no palco da *A corneta* entra a Deusa. A partir daí, as fronteiras entre a realidade e a fantasia, o solene e o absurdo, o sublime e o ridículo se dissolvem no tecido surrealista do romance. A história se ilumina com o pastiche e o livro serpenteia por diversos caminhos de referências a textos esotéricos da cultura popular, histórias do Santo Graal, os Cavaleiros Templários e Maria Madalena, e por toda uma série de histórias alternativas da humanidade com que o pessoal das religiões vem brincando há muito tempo.

A história da Abadessa Piscando é a história da Taça Sagrada contendo o elixir da vida, que foi roubada de sua legítima proprietária, a Deusa (que aparece aqui sob vários disfarces), por monges "estéreis" e escondida pelos Templários no porão do mosteiro. Apenas uma mulher é capaz de acessar esse tesouro genuíno, embora os Templários pareçam não saber disso. De modo geral, o principal adversário tanto da Abadessa Piscando, Doña Rosalinda, quanto de Marian Leatherby é o Cristianismo — para a primeira, é representado pela ordem dos templários e pelos bispos implacáveis, e para a segunda por uma opressiva mentalidade cristã Nova Era de negação de si e de controle externo.

A história da missão de Doña Rosalinda para resgatar a Taça revela uma série de aventuras fantásticas e inesperadas. É ao mesmo tempo uma história de reintegração de posse, de uma anti-Cruzada que restaura a ordem correta num mundo apropriado de forma fraudulenta. Nessa história dentro da história, Carrington cria uma paródia maravilhosamente cômica que imita aqueles textos misteriosos encontrados em jarros no deserto, como a descoberta em Nag Hammadi em 1945, que, sem dúvida, revigorou a imaginação religiosa das pessoas do século xx. Ela faz referências abundantes a figuras e nomes dos tratados gnósticos, incluindo a *Pistis Sophia*.

As pessoas que lerem com curiosidade e paciência encontrarão algumas referências surpreendentemente eruditas não apenas ao gnosticismo, mas ao sincretismo religioso esotérico de todos os tipos, antigos e contemporâneos. Esses leitores tomarão nota do nome de nossa abadessa: Doña Rosalinda della Cueva (da caverna), Abadessa do Convento de Santa Barbara de Tartarus, está associada (apropriadamente, à luz de suas aventuras posteriores) à misteriosa e poderosa figura de Barbarus ou Barbelo, que reside — claro! — "nas profundezas do Pleroma" (para usar o termo gnóstico mencionado no Apócrifo de João). Barbelo é a primeira força criativa, dela é o ventre do mundo, ela é o protótipo de Shekhinah e Sophia em uma. Ela aparece como uma figura feminina barbuda, a Mãe-Pai, e como Anthropos, a primeira hermafrodita. Como que em resposta, Carrington semeia *A corneta* com personagens de gênero fluido — uma mulher barbuda, uma travesti, uma transexual. Em meio às várias figuras grotescas de procedência terrena do livro, também encontramos Taliesin, figura retirada da mitologia galesa. Ele é o mensageiro da Deusa e o primeiro homem a ser dotado do dom da profecia; aqui o encontramos como um carteiro imortal.

A corneta é uma obra totalmente surreal, escrita de forma onírica — em outras palavras, desprovida de consistência ou fortes conexões entre causa e efeito. Com certeza não há uma arma pendurada na parede aqui, então não há por que esperar que ela dispare na cena final. As coisas acontecem mais ou menos como num sonho, com sequências de eventos surgindo de maneira sutil, a partir de associações remotas. Quando é mencionada pela primeira vez, a irmã do amigo de Marian, Marlborough, é deficiente; mais tarde, sugere-se que ela tenha duas cabeças e, quando enfim aparece, ela não é deficiente nem tem duas cabeças, ela simplesmente tem uma cabeça de lobo! Esse tipo de causalidade alternativa não atrapalha em nada nossa experiência com o livro, mas ilustra o processo pelo qual Carrington o escreveu, sobrepondo ideias sucessivas, uma em cima da outra. À medida que a narrativa se autocorrige, é um prazer absoluto seguir o fluxo misterioso da história que se desenrola.

Na velhice, a pessoa se torna excêntrica. Essa parece ser uma lei natural do desenvolvimento, uma vez que a adaptação à sociedade deixa de ser essencial e os caminhos singulares e coletivos começam a divergir. Talvez a velhice seja mesmo o único momento da vida em que enfim podemos ser quem somos, sem nos preocupar com as exigências dos outros ou nos conformar às normas sociais que sempre nos ensinaram a seguir. A obrigação adolescente de pertencer a um ou outro grupo já não vale mais.

É por isso que a filosofia da excentricidade expressada em *A corneta* está ligada à idade. O livro pode ser tratado como uma mensagem especial das pessoas velhas para as jovens, indo contra a corrente do tempo. Devemos fazer coisas excêntricas. Se todo mundo está fazendo Isso, nós devemos fazer Aquilo. Enquanto todo o centro está estabelecendo sua ordem ruidosamente, que continuemos na periferia — não nos deixemos arrastar para o centro, devemos ignorá-lo e ultrapassá-lo.

Assim, a excentricidade se coloca como uma rebelião espontânea e alegre contra tudo o que é estabelecido e considerado normal e autoevidente. É um desafio lançado diante do conformismo e da hipocrisia.

Em última análise, *A corneta* é um livro que traz grande prazer. Vamos aproveitar a oportunidade de compartilhar essa história selvagem de uma senhorinha que não pôde ir para a Lapônia, então a Lapônia teve que ir até ela.

Olga Tokarczuk é autora de nove romances e três coletâneas de contos, e sua obra já foi traduzida para trinta idiomas. Seu romance *Flights* ganhou o International Booker Prize de 2018 e, em 2019, ela recebeu o Prêmio Nobel de Literatura.

1ª EDIÇÃO [2023] 2 reimpressões

ESTA OBRA FOI COMPOSTA PELA ABREU'S SYSTEM EM ADOBE GARAMOND
E IMPRESSA EM OFSETE PELA LIS GRÁFICA SOBRE PAPEL PÓLEN DA
SUZANO S.A. PARA A EDITORA SCHWARCZ EM MAIO DE 2024

A marca FSC® é a garantia de que a madeira utilizada na fabricação do papel deste livro provém de florestas que foram gerenciadas de maneira ambientalmente correta, socialmente justa e economicamente viável, além de outras fontes de origem controlada.